유아 연산의 기준

칸토의 연산

10까지의 수에서

더하기·빼기 1

머리말

"취학 전 우리 아이가 해야 할 수학은?"

아이를 키우는 부모님이라면 하나같이 우리 아이가 수학을 좋아하고 잘했으면 하는 바람일 것입니다. 수학에 대한 안 좋은 기억이 있으신 부모님들이라면 더더욱 걱정과 조바심 속에 초등학교 가기 훨씬 전부터 아이에게 여러 문제집을 풀게 하며 수학에 많은 시간을 사용합니다. 지금까지 아이가 푼 문제집을 쌓아 올리며 부모님 스스로가 뿌듯해 하기도 합니다.

그런데 아이가 수학을 잘하기 위해 초등학교 입학 전에 해야 할 가장 중요한 것은 무엇일까요?

수학에 관심을 갖고 수학에 재미를 느끼는 것입니다.

그러나 현실은 그렇지 않습니다. 아이들은 방대한 양의 반복된 문제를 풀며 가장 중요한 목표인 재미로부터 멀찌감치 떨어져 출발하게 됩니다. 첫 단추가 잘못 끼워지니 그 이후의 단추들도 제대로 끼워지기 어렵습니다. 아이가 처음 숫자를 보고 읽고 수를 셀 때의 희망찬 모습에서 어느덧 수 앞에만 서면 작아지는 아이의 모습으로 부모님의 새로운 걱정은 시작됩니다. 이를 바로잡으려 부모님께서 다시 힘을 내보려 하지만 너무 오래된 수학이 낯설고 멀게만 느껴집니다.

「칸토의 연산」은 아이에게는 아이의 시선에 맞게 문제의 형태와 양을 재미있게 구성하여 즐거운 시간이 될 수 있게 하였고, 부모님께는 아이를 가까이서 직접 지도할 수 있는 학습 가이드(칸토 쌤)를 제공하여 최고의 선생님이 될 수 있게 하였습니다.

수학을 잘하기 위해서는 한 문제를 끝까지 풀기 위한 노력과 끈기도 필요합니다. 하지만 수학을 잘하기 위해 지금 부모님께서 해야 할 일은 아이에게 수학에 대한 좋은 첫인상을 심어주는 것입니다. 문제 푸는 것을 어려워한다면 과감히 다음 기회로 넘기고 기다려주세요. 첫 만남이 나쁘지 않았던 우리 아이는 다시금 수학을 찾고 수학과 더 깊은 관계로 발전해 나갈 수 있을 거예요.

유아 연산 비법

"초등 입학 전 연산 딱 4가지만 알고 가요."

취학 전 우리 아이가 반드시 학습해야 할 연산 주제 4가지를 제시합니다.

수 세기(1~50)

[수 세기 방법 4가지]

① 앞으로 세기 1, 2, 3, 4, 5, ……
② 거꾸로 세기 10, 9, 8, 7, ……
③ 이어 세기 5, 6, 7, 8, 9, ……
④ 묶어 세기 2, 4, 6, 8, 10, ……
(뛰어 세기)

수를 세는 과정에는 덧셈과 뺄셈의 원리가 숨어 있어요. 실생활 소재(음식, 물건, 계단)와 수 세기 모형(주사위, 수직선, 계란판)을 이용하여 반복하여 연습해 주세요. 아이의 수·연산 감각을 발달시킬 수 있는 출발점입니다.

수 계열(1~50)

[50까지의 수 배열표]

1 큰 수 →; ↓ 10 큰 수; ↑ 10 작은 수; ← 1 작은 수

1	2	3	4	5	6	7	8	9	10
11	12	13	14	15	16	17	18	19	20
21	22	23	24	25	26	27	28	29	30
31	32	33	34	35	36	37	38	39	40
41	42	43	44	45	46	47	48	49	50

50까지의 수 배열표를 관찰하며 수의 구성과 각 수들 간의 관계를 파악하고 50까지의 수를 익혀요. 수 배열표를 머릿속으로 그릴 수 있어야 해요.

[모으기] [가르기]

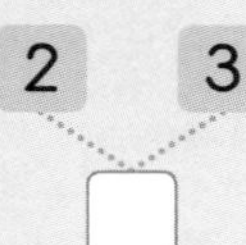

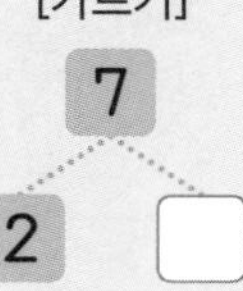

9까지의 수를 모으고 가르는 활동은 덧셈, 뺄셈의 기초이며 핵심 원리예요.
손가락뿐만 아니라 생활 속 다양한 구체물을 활용하여 반복적으로 연습해 보세요.

모으기·가르기(1~9)

[동적 상황의 덧셈·뺄셈]

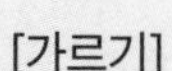

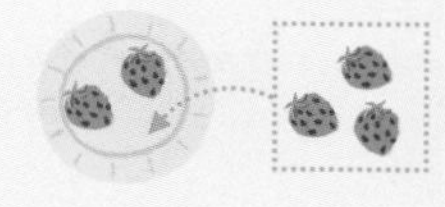

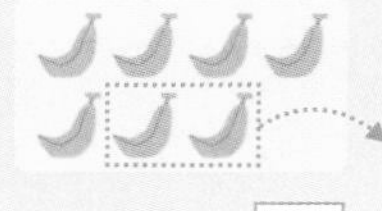

2 + 3 = □ 7 − 2 = □

덧셈, 뺄셈은 동적인 상황(첨가, 제거)과 정적인 상황(합병, 비교) 2가지가 있어요. 이것을 잘 이해하면 덧셈·뺄셈 문장제 문제를 해결하는 데 큰 도움이 돼요.

덧셈·뺄셈(0~9)

단계별 구성

유아/3단계

단계	권	주제
5세	1	1부터 5까지의 수
	2	6부터 9까지의 수
	3	1부터 9까지의 수
	4	덧셈과 뺄셈의 기초
6세	1	0부터 10까지의 수
	2	10까지의 수에서 더하기·빼기 1
	3	20까지의 수에서 더하기·빼기 1, 10
	4	20까지의 수에서 더하기·빼기 1, 2, 10
7세	1	합이 9까지의 덧셈
	2	9까지의 뺄셈과 덧셈·뺄셈
	3	50까지의 수에서 더하기·빼기 1, 2, 10
	4	받아올림·내림 없는 (두 자리 수±한 자리 수)

초등/6단계

단계	권	주제
초1	1	덧셈구구
	2	뺄셈구구
	3	편리한 계산 전략
	4	100까지의 수, 받아올림·내림 없는 (두 자리 수±두 자리 수)
초2	1	받아올림·내림 있는 (두 자리 수±한 자리 수)
	2	받아올림·내림 있는 (두 자리 수±두 자리 수)
	3	곱셈의 기초와 곱셈구구(1)
	4	곱셈구구(2)
초3	1	받아올림·내림 있는 (세 자리 수±세 자리 수)
	2	나눗셈구구
	3	(세 자리 수×한 자리 수), (두 자리 수×두 자리 수)
	4	분수와 소수의 기초
초4	1	큰 수
	2	곱셈과 나눗셈
	3	분모가 같은 분수의 덧셈과 뺄셈
	4	소수의 덧셈과 뺄셈
초5	1	자연수의 혼합 계산
	2	약수와 배수, 약분과 통분
	3	분모가 다른 분수의 덧셈과 뺄셈
	4	분수의 곱셈, 소수의 곱셈
초6	1	분수의 나눗셈
	2	소수의 나눗셈
	3	비와 비율
	4	비례식과 비례배분

칸토의 연산 시리즈

(9단계, 총 36권)

- 연산의 원리부터 재미있는 퍼즐형 문제까지 다루는 기본 난이도의 연산 교재
- 나선형 반복 학습과 확장 커리큘럼
- [칸토의 연산] ➡ [응용 연산]으로 이어지는 기본·심화 연산 학습 설계
- 단계별 4권, 9단계 총 36권 구성
- 한 단계 4개월 완성
- 학년별 교과서 진도와 맞춤 병행

이 책의 칸토 구성과 특징

- 하루 2쪽, 매주 5일씩 4주 동안 완성하는 연산 프로그램이에요.
- 연령별 아이의 학습 눈높이와 학습 체력에 맞게 쉬운 난이도와 하루 10분 정도의 학습 분량으로 구성하였어요.
- 선생님과 같은 실력으로 아이를 지도할 수 있게 「칸토 쌤」 코너에 알찬 학습 가이드를 수록하였어요.

1 학습 안내 • 무엇을 공부할까요?

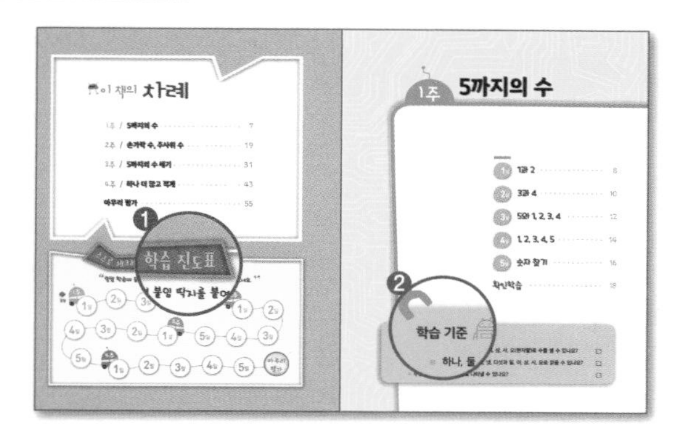

❶ 붙임 딱지를 붙여 학습 진도를 체크해요.

❷ 이번 주에 꼭 알아야 할 학습 기준을 체크해요.
공부 전에 간단히 살펴보고, 한 주 공부가 끝나면 반드시 확인해 보세요.

2 일일 학습 • 매주 5일씩 4주 동안 공부해요.

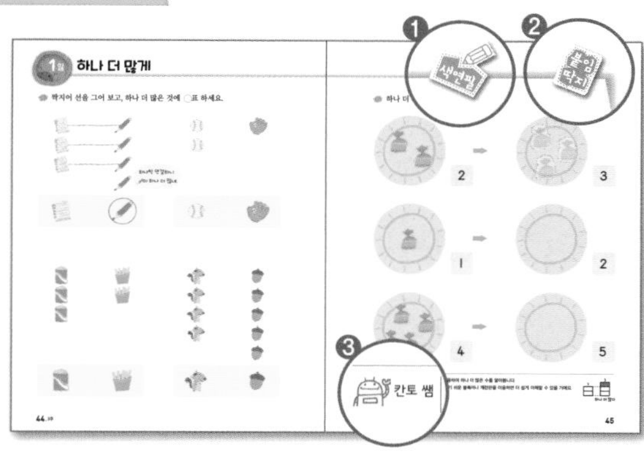

❶ 색연필을 사용하는 활동이에요.

❷ 붙임 딱지를 붙이는 활동이에요.

❸ 연산의 개념, 원리, 활용뿐만 아니라 아이의 학습 심리 상태를 파악할 수 있는 학습 가이드를 꼭 참고하세요.

3 확인 학습 • 이번주 배운 내용을 잘 알고 있나요?

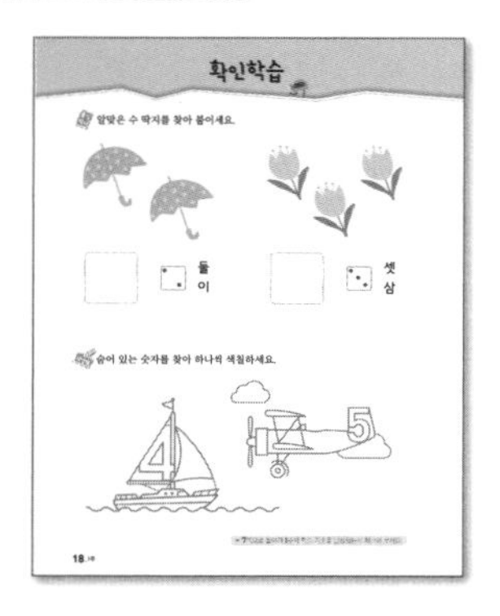

4 마무리 평가 • 4주 동안 배운 내용을 잘 알고 있나요?

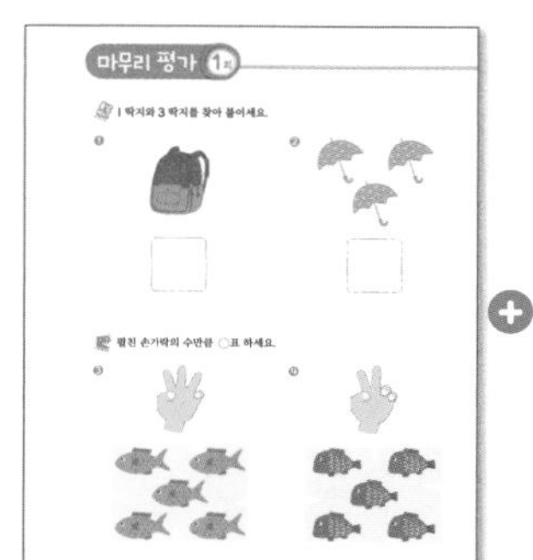

이 책의 차례

스스로 체크하는 학습 진도표

"일일 학습이 끝나면 붙임 딱지를 붙여 학습 진도를 표시해 보세요."

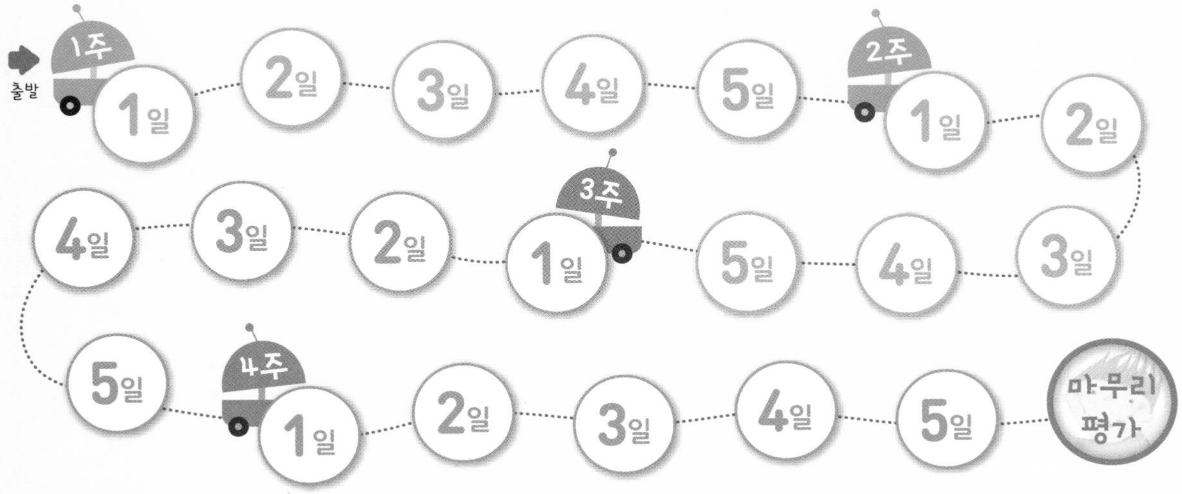

출발

1주: 1일 2일 3일 4일 5일

2주: 1일 2일 3일 4일 5일

3주: 1일 2일 3일 4일 5일

4주: 1일 2일 3일 4일 5일

마무리 평가

1주 10까지의 수에서 더하기 1

학습 기준

- 10까지의 수에서 어떤 수보다 1 큰 수를 알 수 있나요? ☐
- 그림과 관계있는 수와 덧셈식을 찾을 수 있나요? ☐
- 그림의 수를 세어 더하기 1을 계산할 수 있나요? ☐
- 1번 뛰어 세어 더하기 1을 계산할 수 있나요? ☐

1씩 커지게

하나씩 많아집니다. 빈칸에 알맞은 수를 쓰세요.

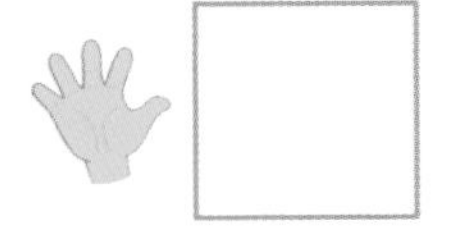

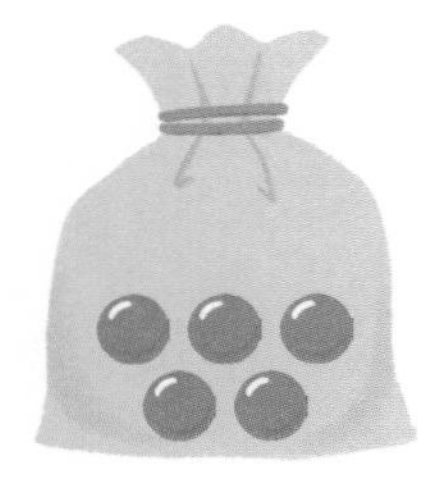
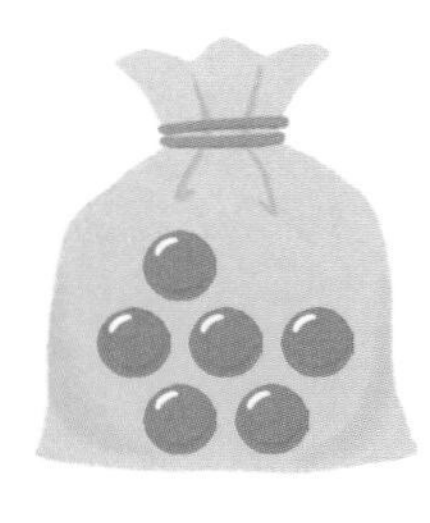
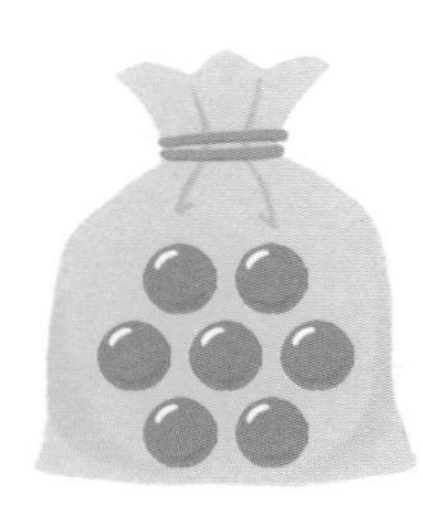
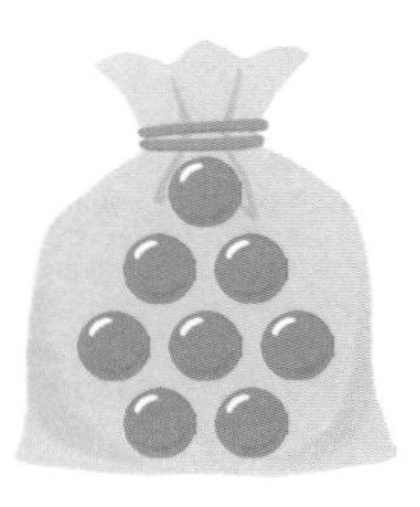

1씩 커지도록 빈칸에 알맞은 수를 쓰세요.

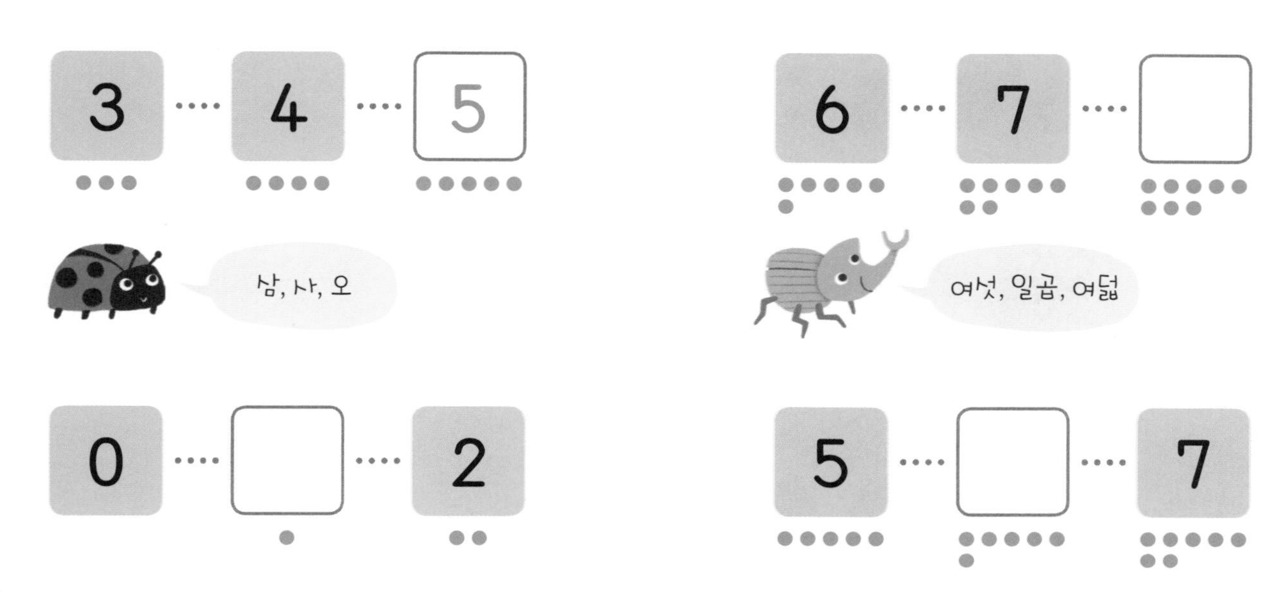

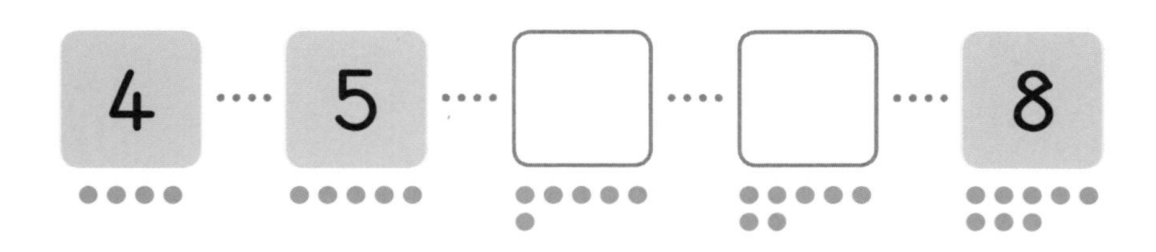

4 ···· 5 ···· ☐ ···· ☐ ···· 8

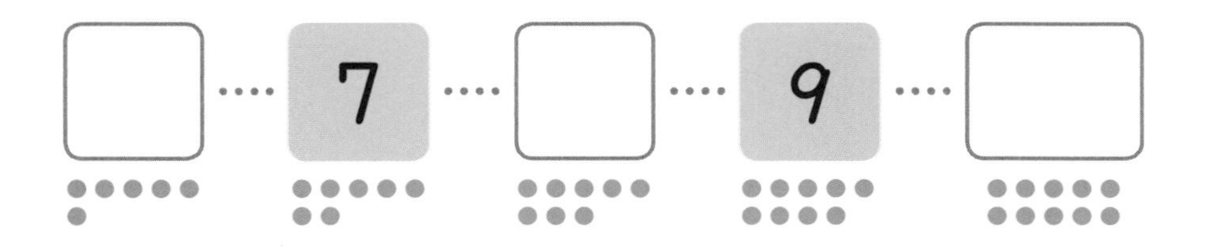

칸토 쌤

하나 많은 수와 1 큰 수는 더하기 1을 계산하는데 필요한 기초 개념이에요. 하나씩 많아지는 양과 1씩 커지는 수를 살펴보며 더하기 1 계산의 기초를 다집니다.

2일 하나를 더하기

딱지를 하나 더 붙이고, 하나 더한 수를 쓰세요.

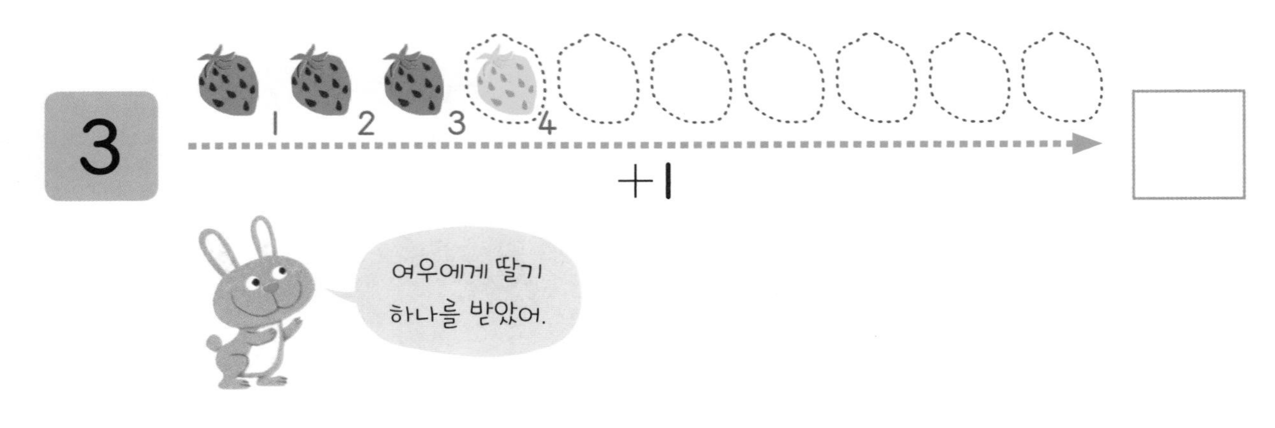

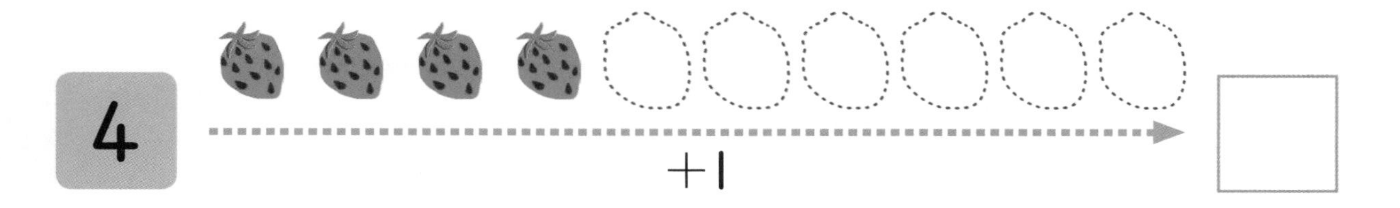

하나 더 많게 ○를 그리고, 1 큰 수를 쓰세요.

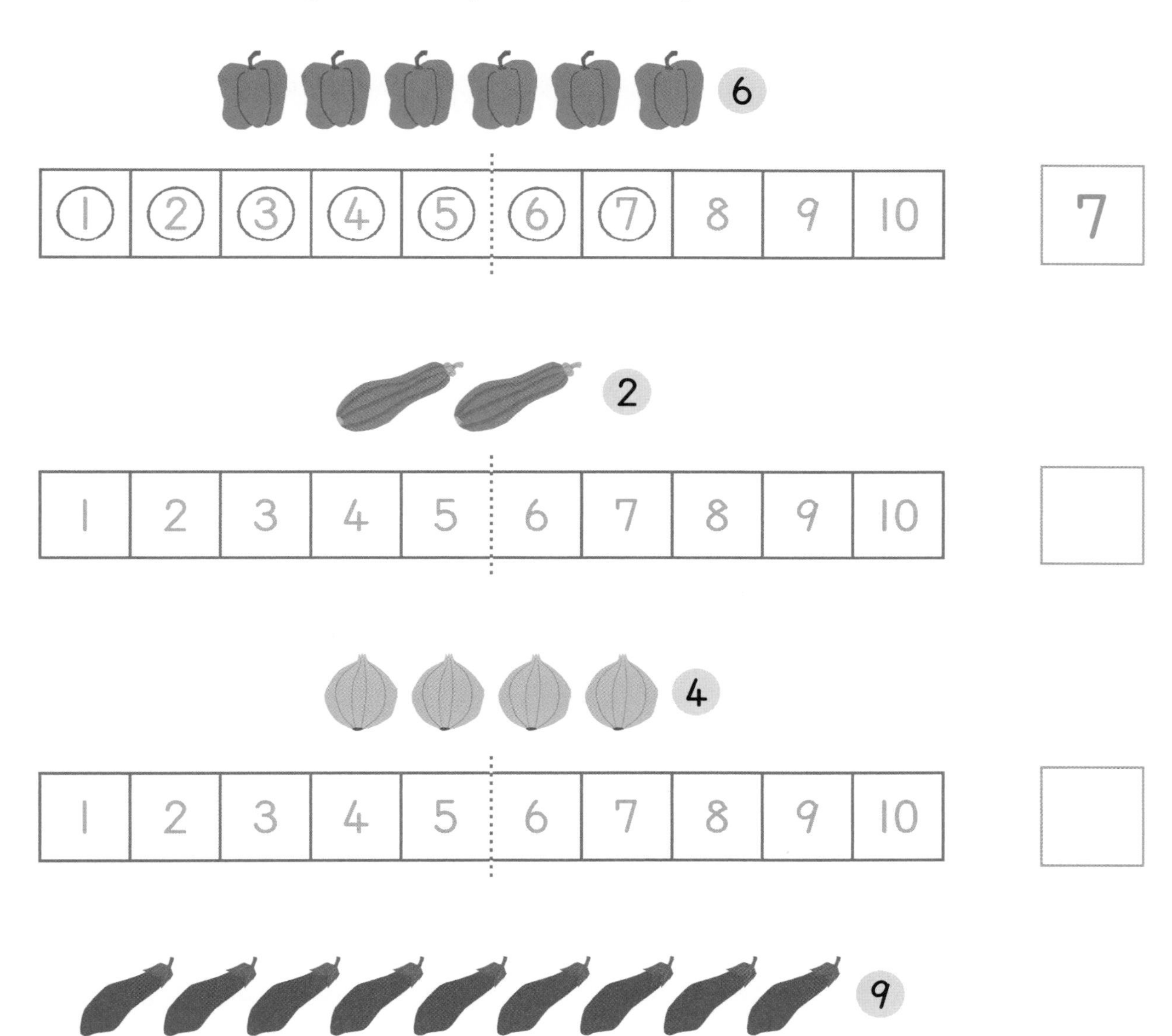

칸토 쌤

아이들은 더하기 1의 개념을 잘 알고 있지만 어른들이 사용하는 말에 따라 답을 잘 못할 때가 있어요. 하나 많은 수, 1 큰 수, 다음 수라는 말도 더하기 1과 같은 뜻임을 알려주세요.

3일 더하기 1(1)

관계있는 수를 찾아 선으로 이으세요.

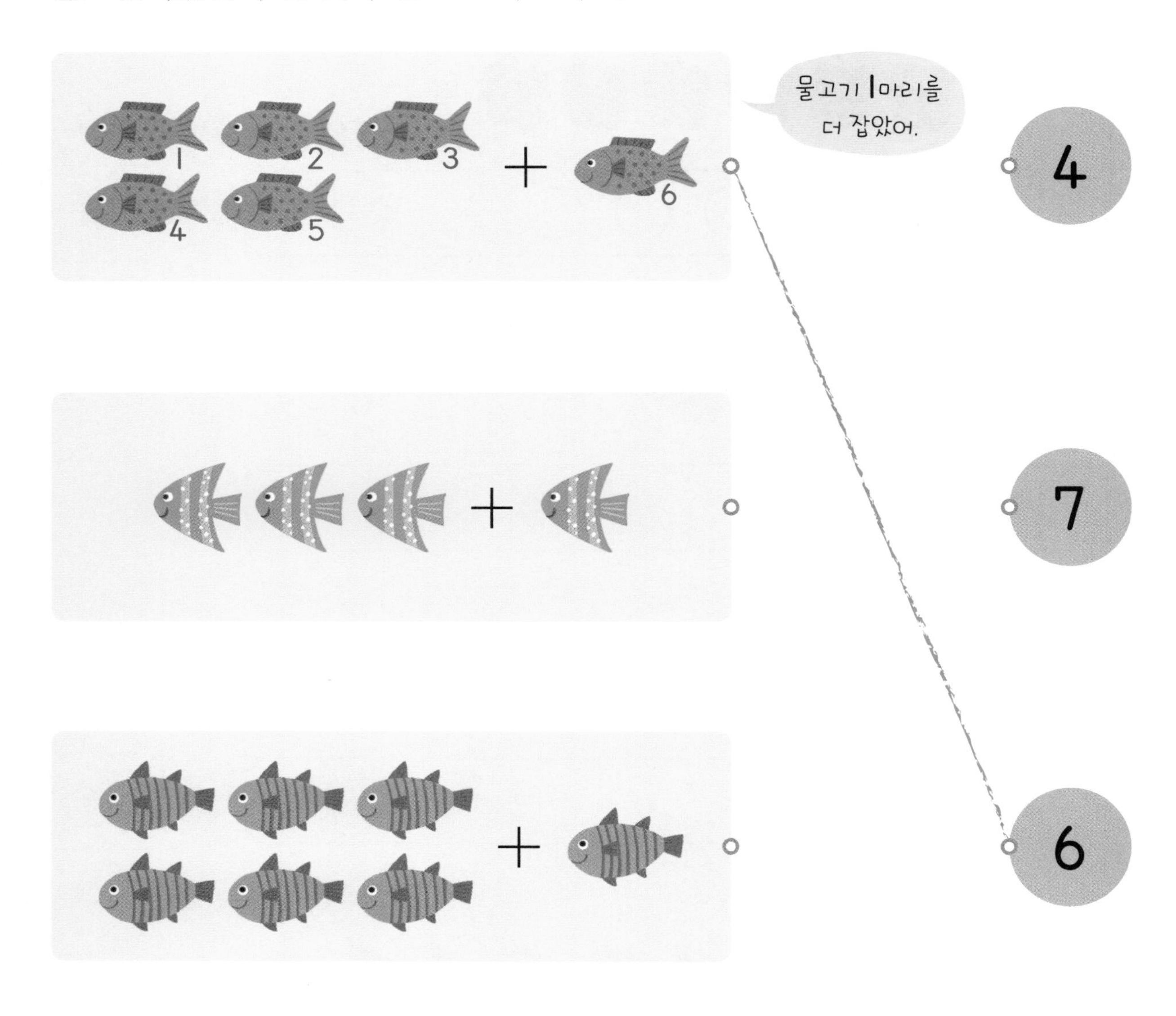

알맞은 식을 찾아 선으로 이으세요.

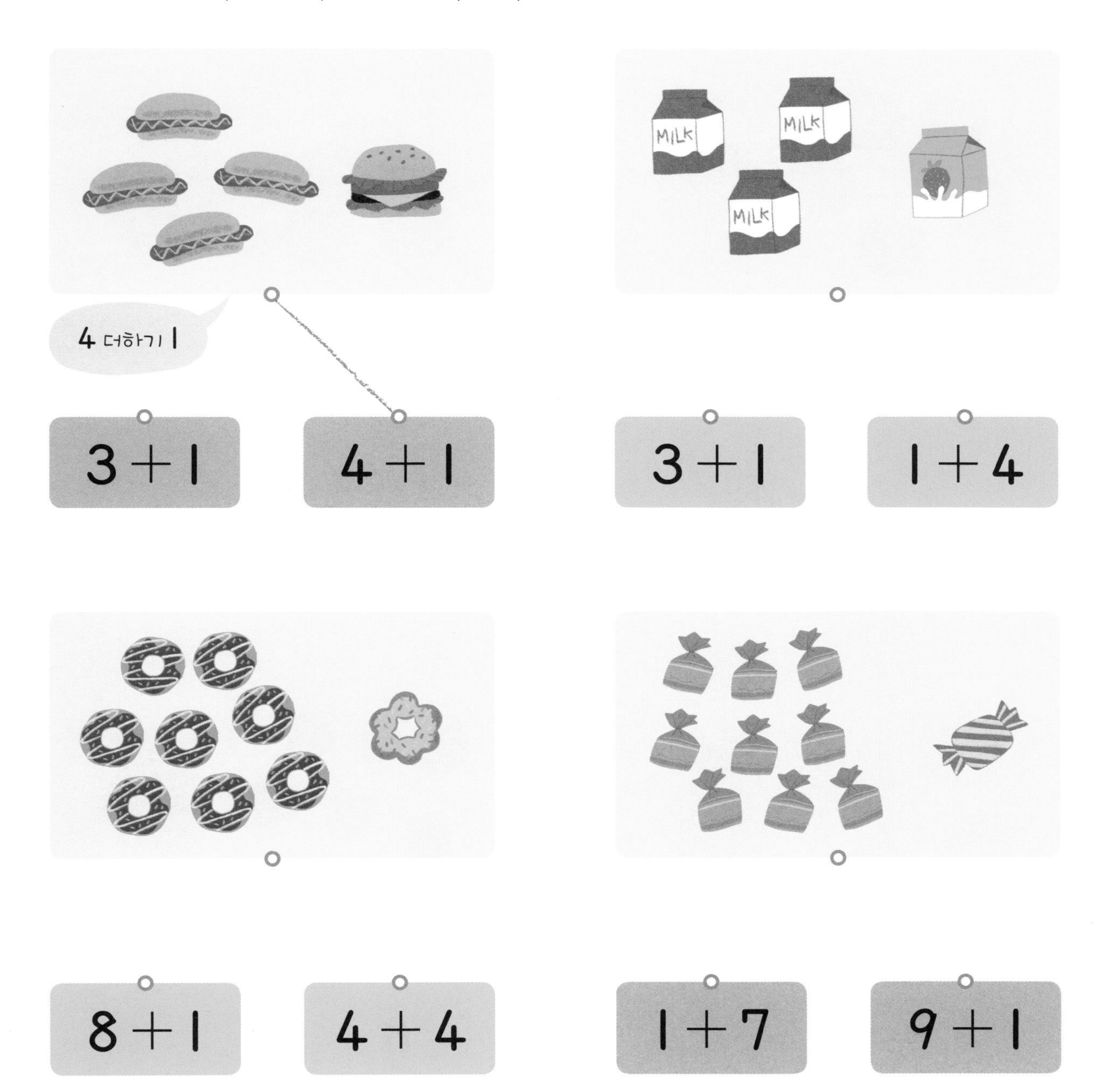

칸토 쌤

6세 1권에서 덧셈의 기초적인 부분을 잠깐 공부하였어요. 여기서는 더하기 1이 있는 덧셈식을 본격적으로 학습하기 전에 더하기 1과 관련된 수와 식을 간단히 추론하여 알아봅니다.

4일 더하기 1(2)

그림을 보고 덧셈을 하세요.

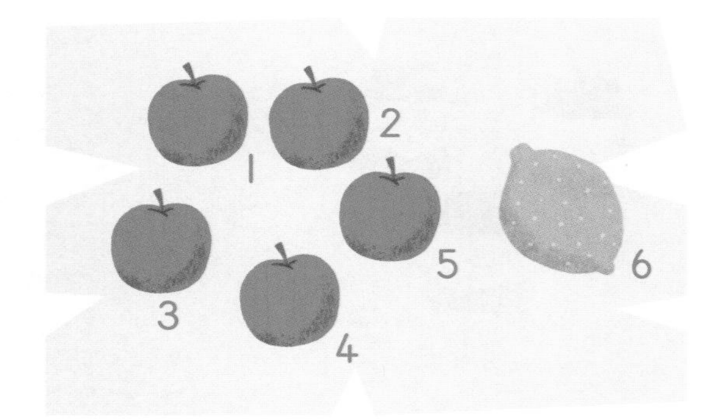

$5 + 1 = $ 6

5 더하기 1은
6이야.

$3 + 1 = $ □

$4 + 1 = $ □

$8 + 1 = $ □

1번 뛰어 세어 더하기 1을 계산하세요.

$2 + 1 = $ 3

2 더하기 1은
3과 같아.

$6 + 1 = $ ☐

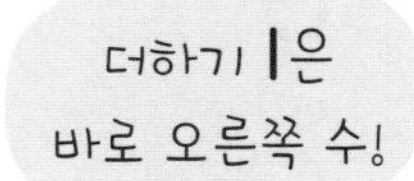

$3 + 1 = $ ☐

0 1

$1 + 1 = $ ☐

8 9

$9 + 1 = $ ☐

6 7

$7 + 1 = $ ☐

칸토 쌤

더하기 1을 2가지 방법으로 계산합니다.
- **방법①**: 구체물을 직접 세어 구하기
- **방법②**: 뛰어 세기를 이용하여 구하기

$2 + 1 = 3$

① ● ● ○ (1 2 3)

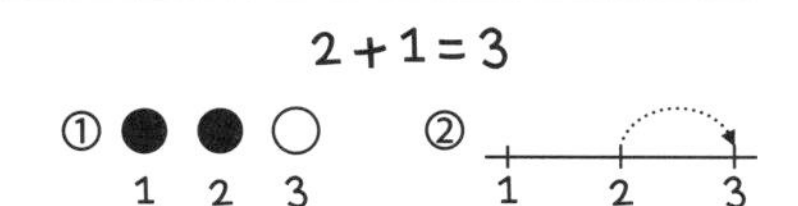

더하기 1 연습

덧셈을 하여 알맞은 풍선에 ×표 하세요.

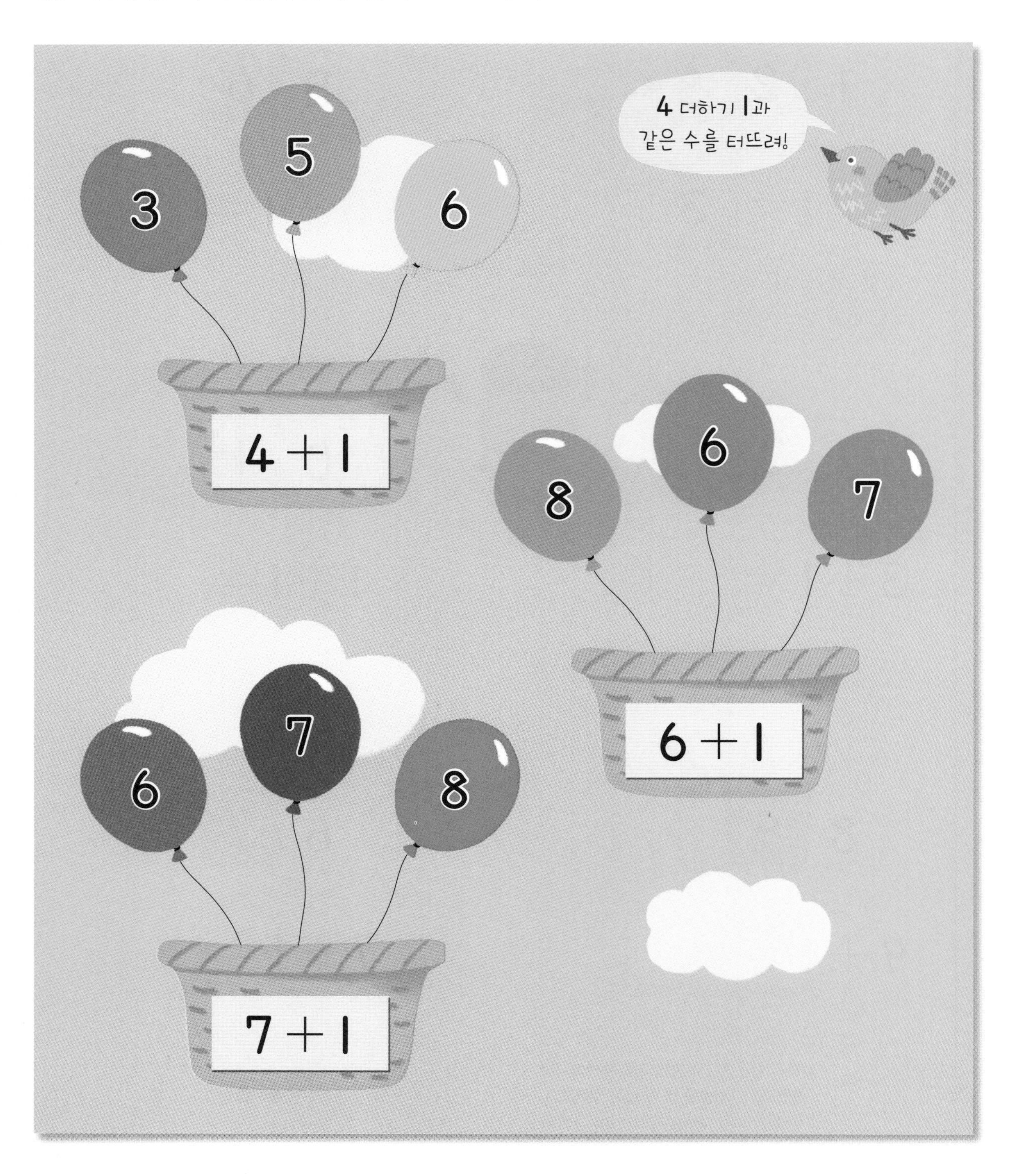

덧셈을 하세요.

$3 + 1 = \square$

$0 + 1 = \square$

$8 + 1 = \square$

$2 + 1 = \square$

$1 + 1 = \square$

$7 + 1 = \square$

$$\begin{array}{r} 4 \\ +\ 1 \\ \hline \square \end{array} \qquad \begin{array}{r} 6 \\ +\ 1 \\ \hline \square \end{array} \qquad \begin{array}{r} 9 \\ +\ 1 \\ \hline \square \end{array}$$

칸토 쌤

가로셈이 아닌 세로셈이 처음으로 나옵니다. 아이들이 생소하게 느낄 수 있으니 가로식을 왼쪽부터 쓰는 것처럼 세로식은 위에서부터 아래로 쓰는 규칙이 있음을 간단히 알려주세요.

$$\begin{array}{r} 3 \ ① \\ ②+\ 1 \ ③ \\ \hline ④ \\ 3+1=\square \ ⑤ \end{array}$$

확인학습

하나 더 많게 ○를 그리고, 1 큰 수를 쓰세요.

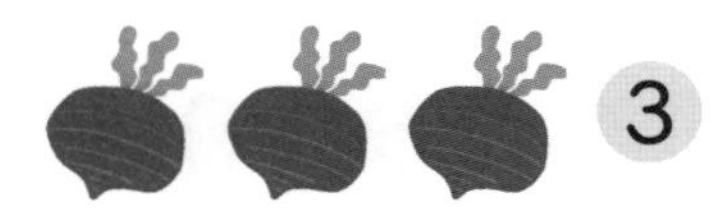

1	2	3	4	5	6	7	8	9	10

1	2	3	4	5	6	7	8	9	10

덧셈을 하세요.

3	4	

7	8	

$4+1=\square$

$8+1=\square$

$6+1=\square$

$9+1=\square$

➡ 7쪽으로 돌아가 1주 차 학습 기준을 달성했는지 체크해 보세요.

2주 10까지의 수에서 빼기 1

학습 기준

- 10까지의 수에서 어떤 수보다 1 작은 수를 알 수 있나요? ☐
- 그림과 관계있는 수와 뺄셈식을 찾을 수 있나요? ☐
- 그림의 수를 세어 빼기 1을 계산할 수 있나요? ☐
- 거꾸로 1번 뛰어 세어 빼기 1을 계산할 수 있나요? ☐

1씩 작아지게

하나씩 적어집니다. 빈칸에 알맞은 수를 쓰세요.

   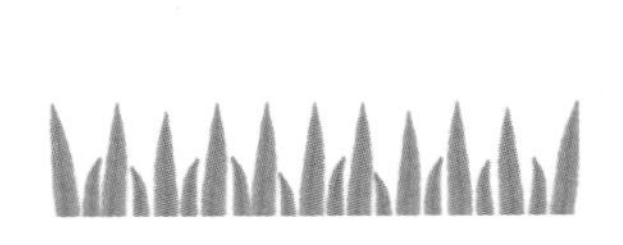

 3      

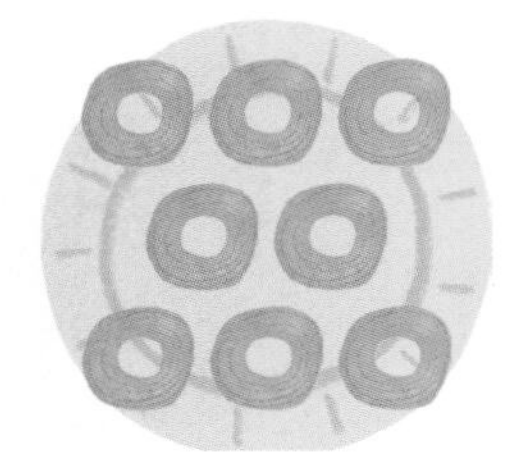 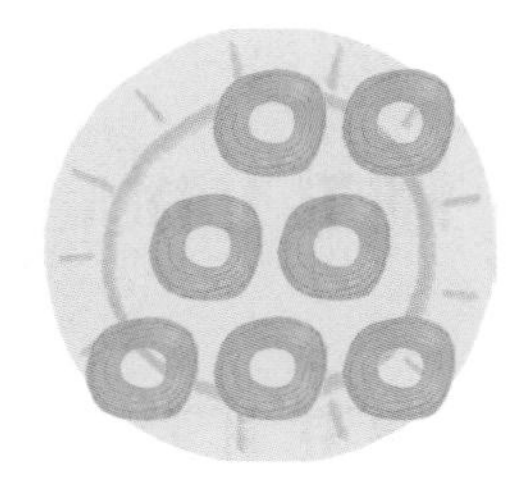 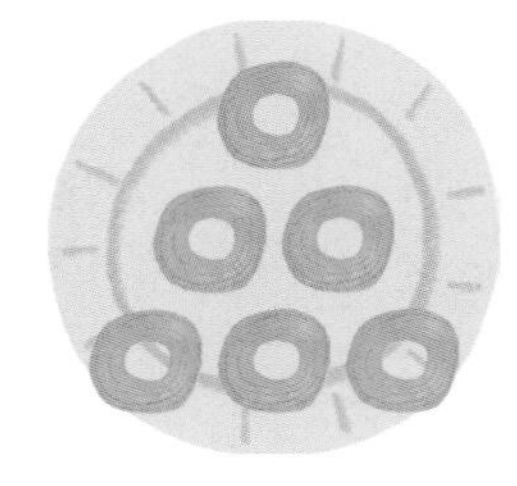 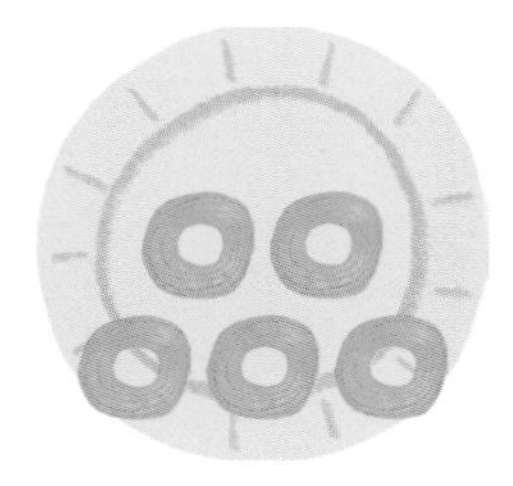

I씩 작아지도록 빈칸에 알맞은 수를 쓰세요.

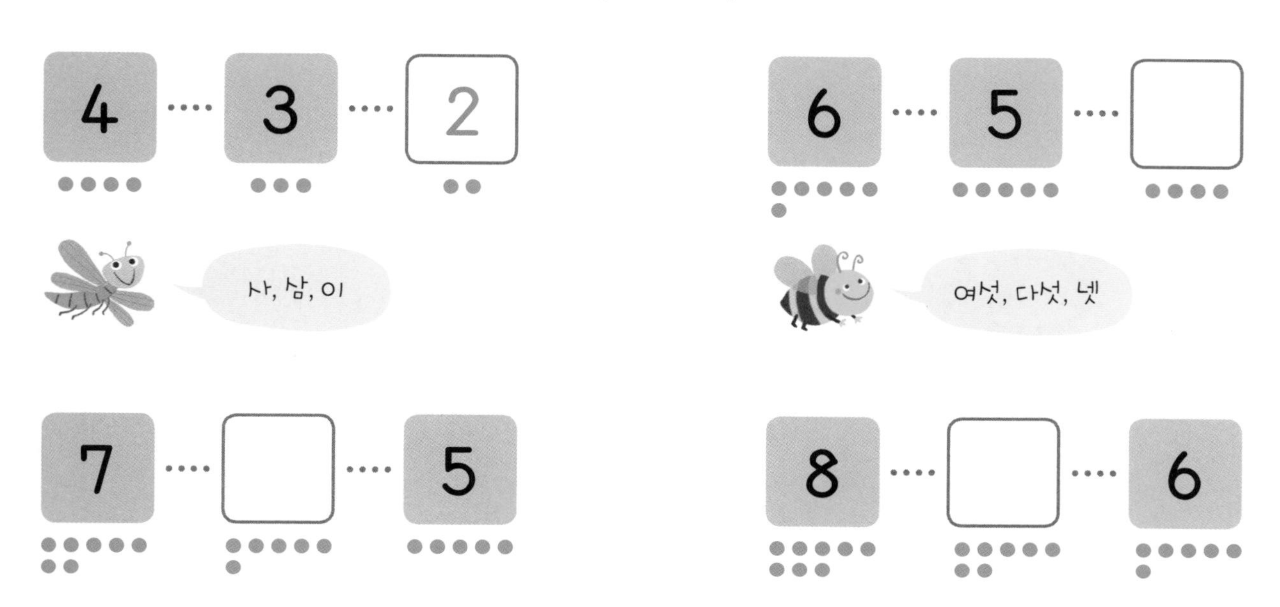

칸토 쌤

하나 적은 수와 I 작은 수는 빼기 I을 계산하는데 필요한 기초 개념이에요. 하나씩 적어지는 양과 I씩 작아지는 수를 살펴보며 빼기 I 계산의 기초를 다집니다.

하나를 빼기

🍩을 /으로 하나 지우고, 하나 뺀 수를 쓰세요.

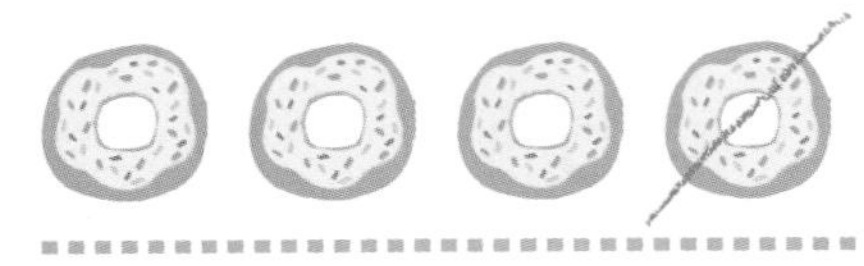

4 ······▶ □
−1

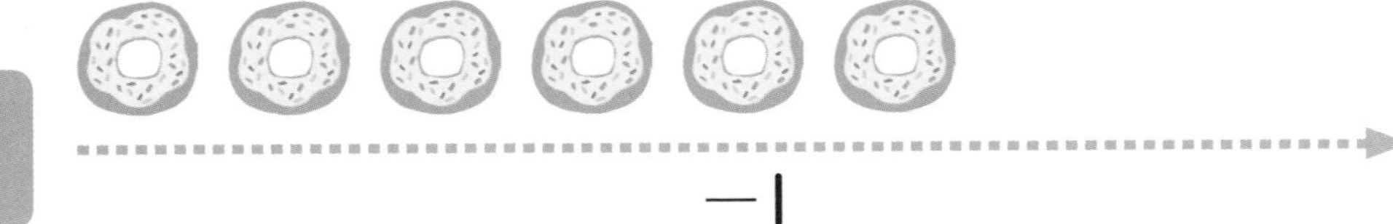

6 ······▶ □
−1

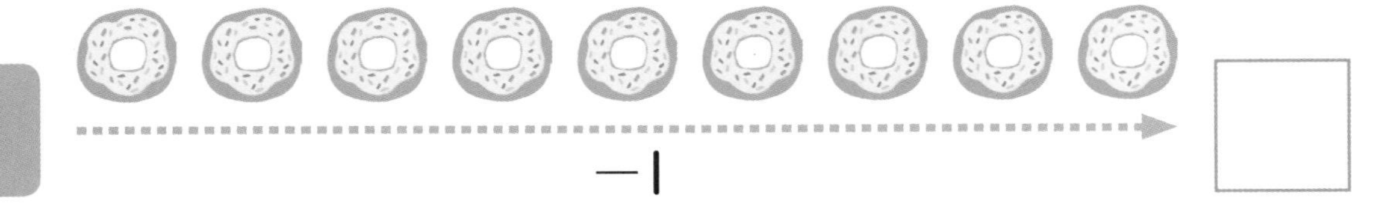

9 ······▶ □
−1

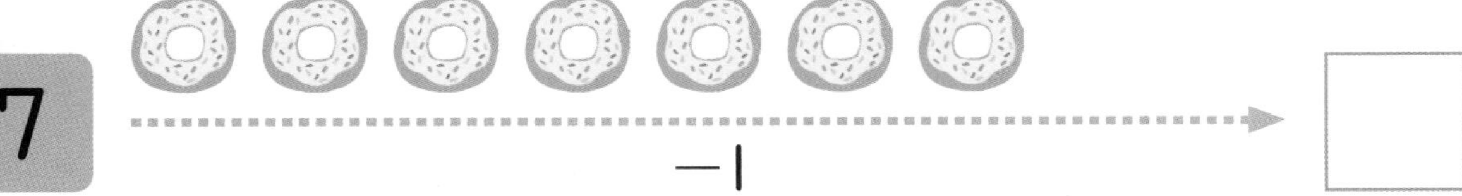

7 ······▶ □
−1

하나 더 적게 ◯를 그리고, 1 작은 수를 쓰세요.

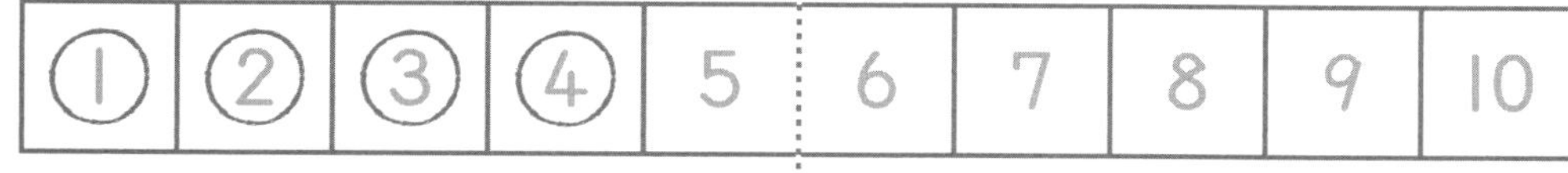

4

1	2	3	4	5	6	7	8	9	10

1	2	3	4	5	6	7	8	9	10

1	2	3	4	5	6	7	8	9	10

빼기 1(1)

관계있는 수를 찾아 선으로 이으세요.

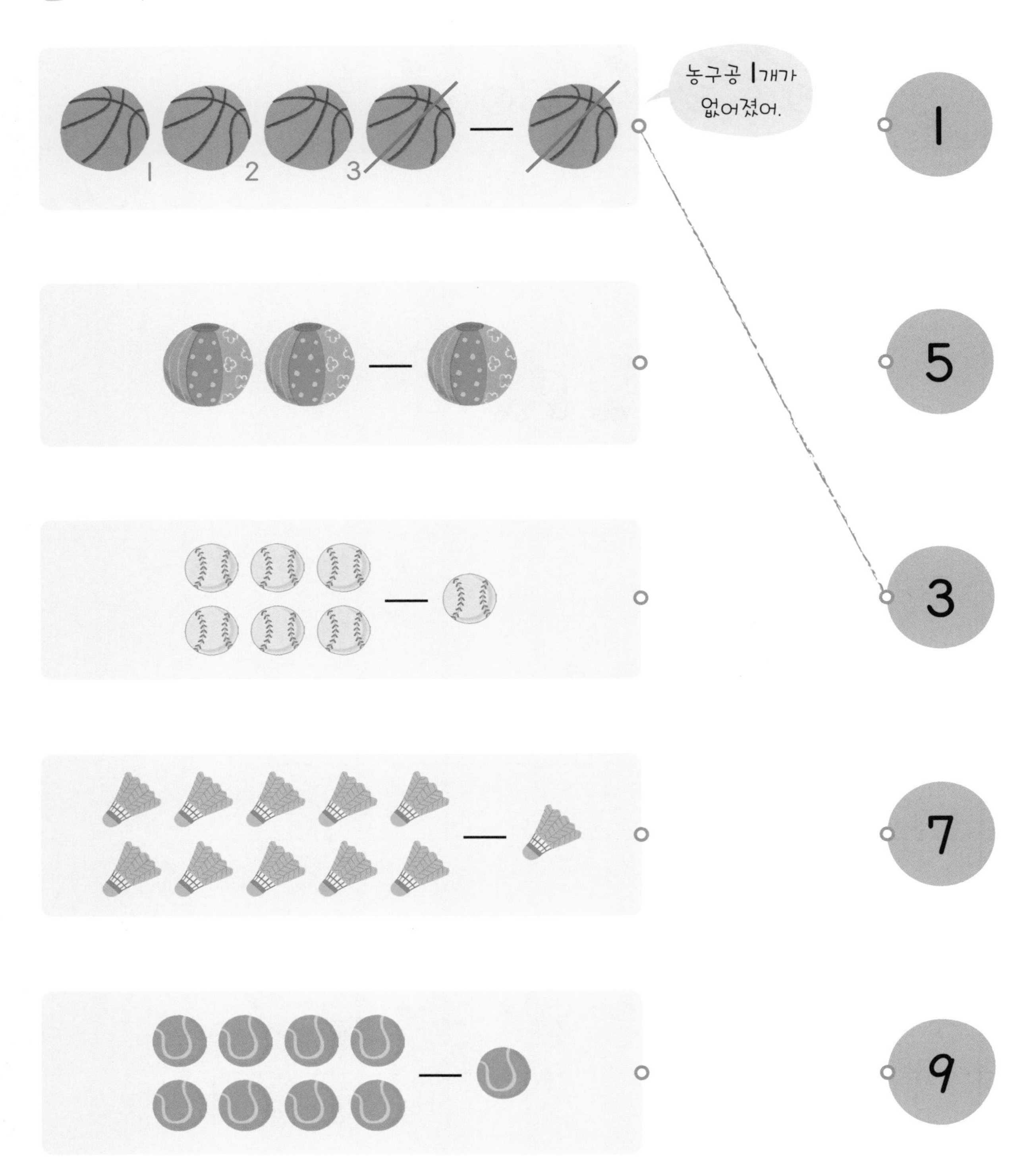

관계있는 식을 찾아 선으로 이으세요.

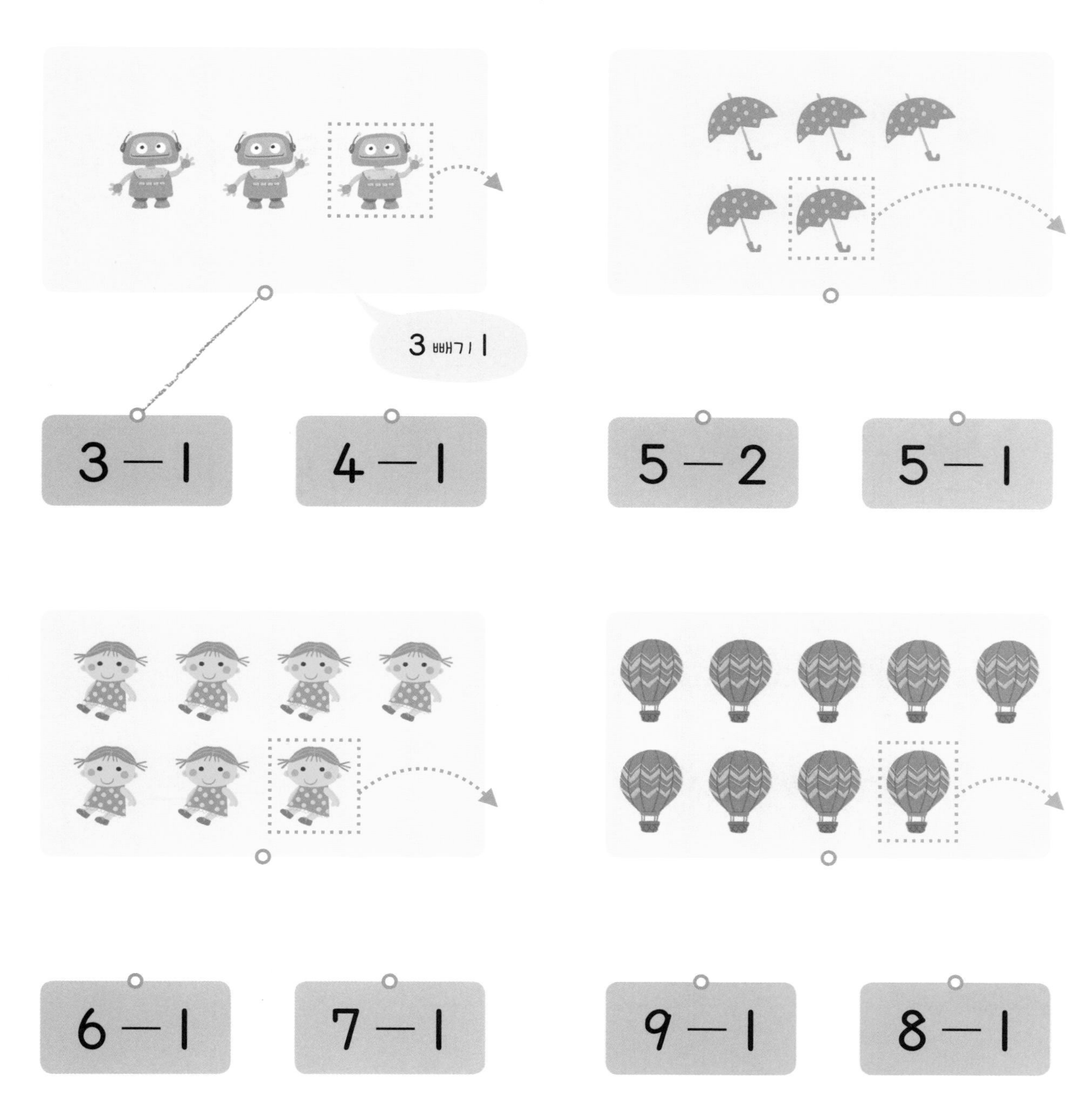

칸토 쌤

6세 1권에서 뺄셈의 기초적인 부분을 잠깐 공부하였어요. 빼기 1이 있는 뺄셈식을 본격적으로 학습하기 전에 빼기 1과 관련된 수와 식을 간단히 추론하여 알아봅니다.

빼기 1(2)

×표 하여 뺄셈을 하세요.

$5-1=$ 4

5 빼기 1은 4야.

$8-1=$ □

$4-1=$ □

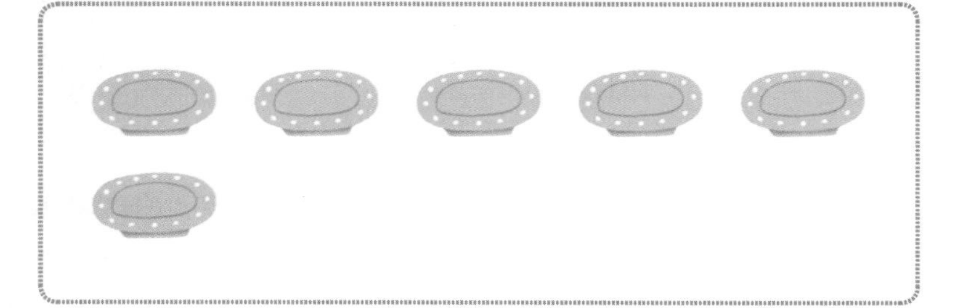

$6-1=$ □

거꾸로 1번 뛰어 세어 빼기 1을 계산하세요.

$4-1=$ 3

4 빼기 1은 3과 같아.

$3-1=$ □

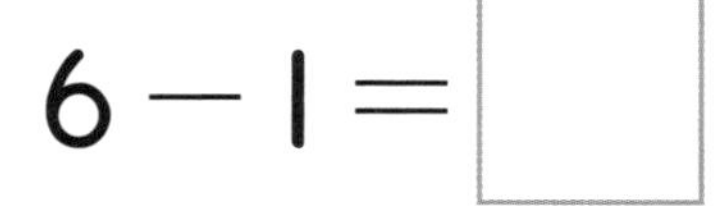

$6-1=$ □

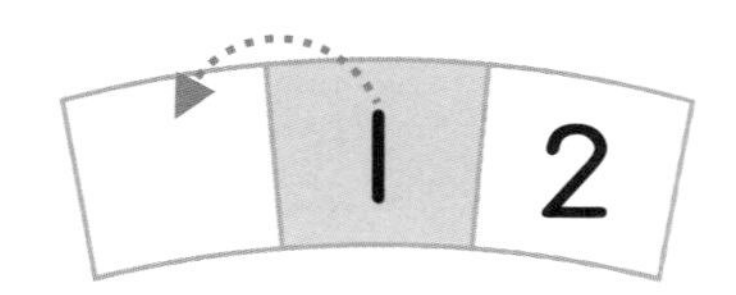

$1-1=$ □

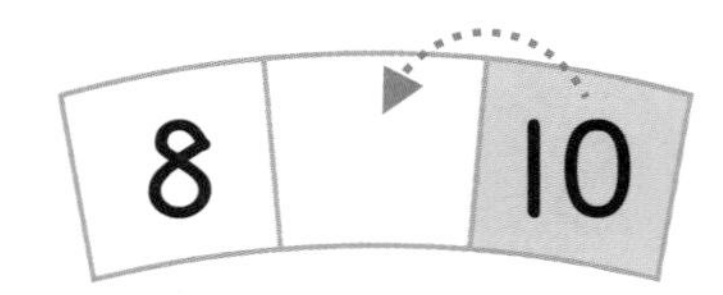

$10-1=$ □

$7-1=$ □

칸토 쌤

빼기 1을 2가지 방법으로 계산합니다.
- **방법①**: 구체물을 직접 세어 구하기
- **방법②**: 뛰어 세기를 이용하여 구하기

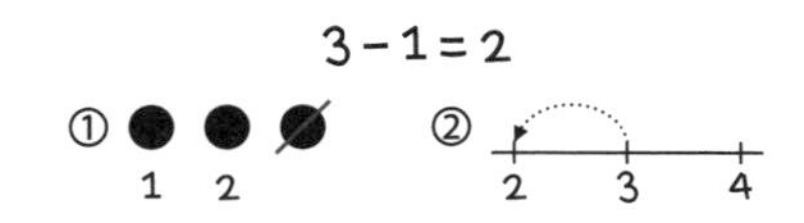

5일 빼기 1 연습

뺄셈 상자에 수를 넣었어요. 빈 곳에 알맞은 수 딱지를 붙이세요.

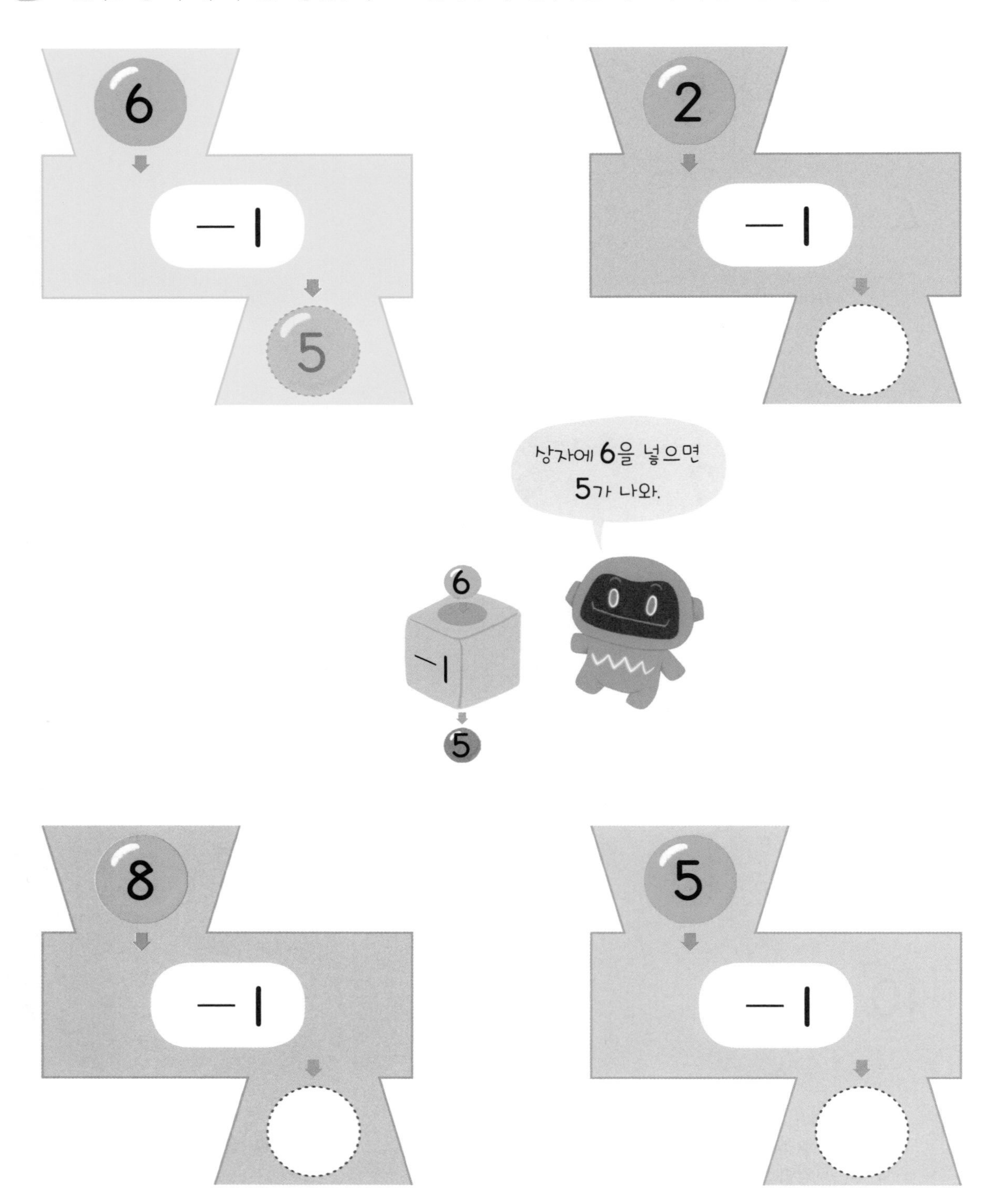

빼셈을 하세요.

$4 - 1 = \square$

$7 - 1 = \square$

$6 - 1 = \square$

$3 - 1 = \square$

$9 - 1 = \square$

$1 - 1 = \square$

$$\begin{array}{r} 5 \\ -\ 1 \\ \hline \square \end{array} \qquad \begin{array}{r} 8 \\ -\ 1 \\ \hline \square \end{array} \qquad \begin{array}{r} 10 \\ -\ 1 \\ \hline \square \end{array}$$

칸토 쌤

덧셈식과 같이 뺄셈식도 세로 방향으로 쓸 수 있고, 세로식은 위에서부터 아래로 쓰는 규칙이 있음을 간단히 알려주세요.

$$\begin{array}{r} 4\ ① \\ ②-\ 1\ ③ \\ \hline ④ \end{array}$$

$4 - 1 = \square$ ⑤

확인학습

하나 더 적게 ◯를 그리고, 1 작은 수를 쓰세요.

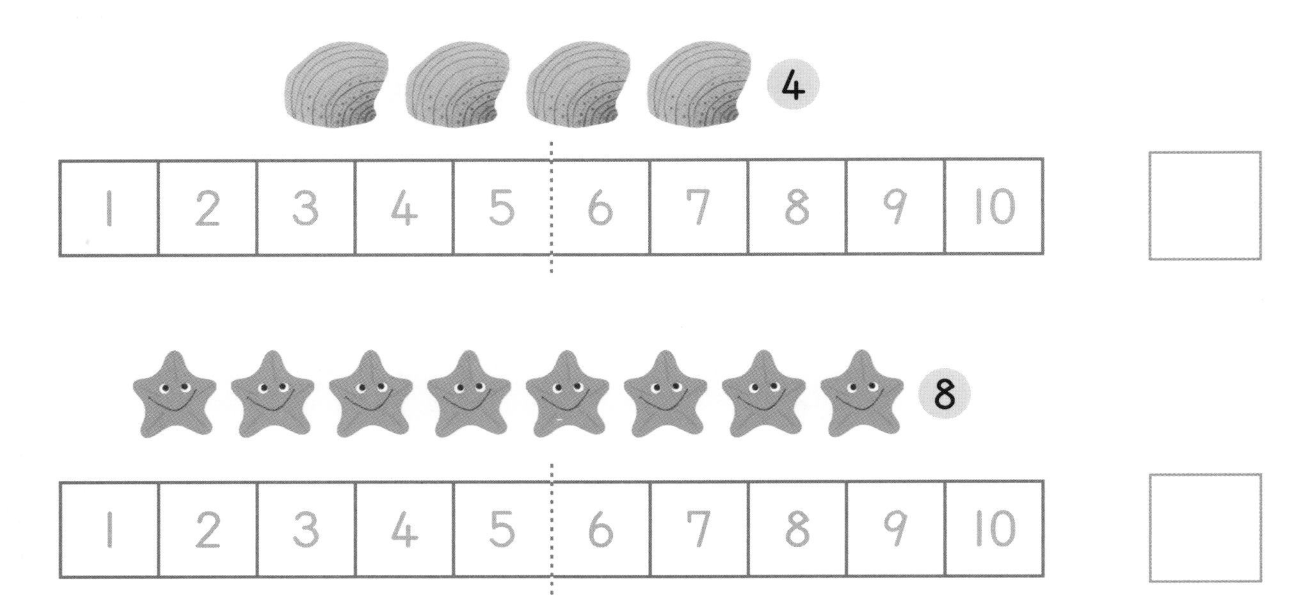

빼셈 상자에 수를 넣었어요. 빈 곳에 알맞은 수 딱지를 붙이세요.

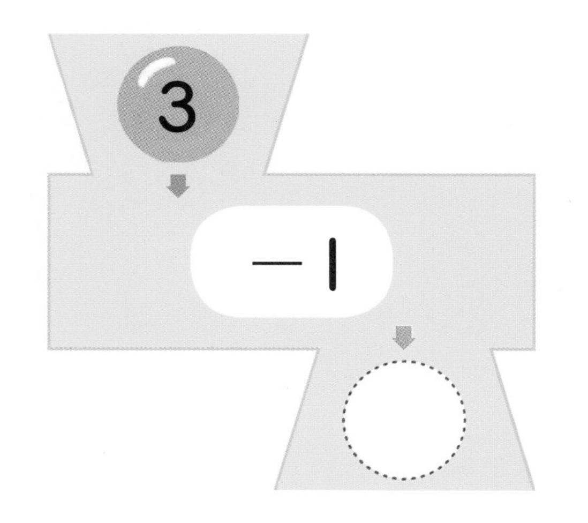

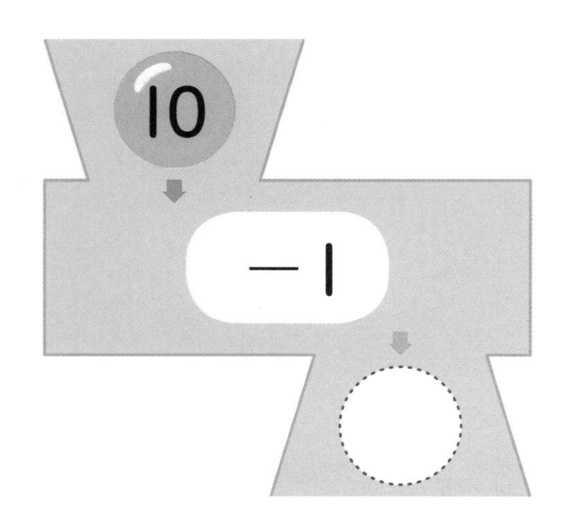

➡ 19쪽으로 돌아가 2주 차 학습 기준을 달성했는지 체크해 보세요.

3주 더하기와 빼기

학습 기준

- 10까지의 수에서 어떤 수보다 1 큰 수와 1 작은 수를 알 수 있나요? ☐
- 그림과 관계있는 수와 덧셈식, 뺄셈식을 찾을 수 있나요? ☐
- 점 수판의 수를 세어 더하기 1, 빼기 1을 계산할 수 있나요? ☐
- 1 큰 수와 1 작은 수를 구하여 더하기 1, 빼기 1을 계산할 수 있나요? ☐

1일 1 큰 수와 1 작은 수

 딱지를 붙이거나 지워서 1 큰 수와 1 작은 수를 구하세요.

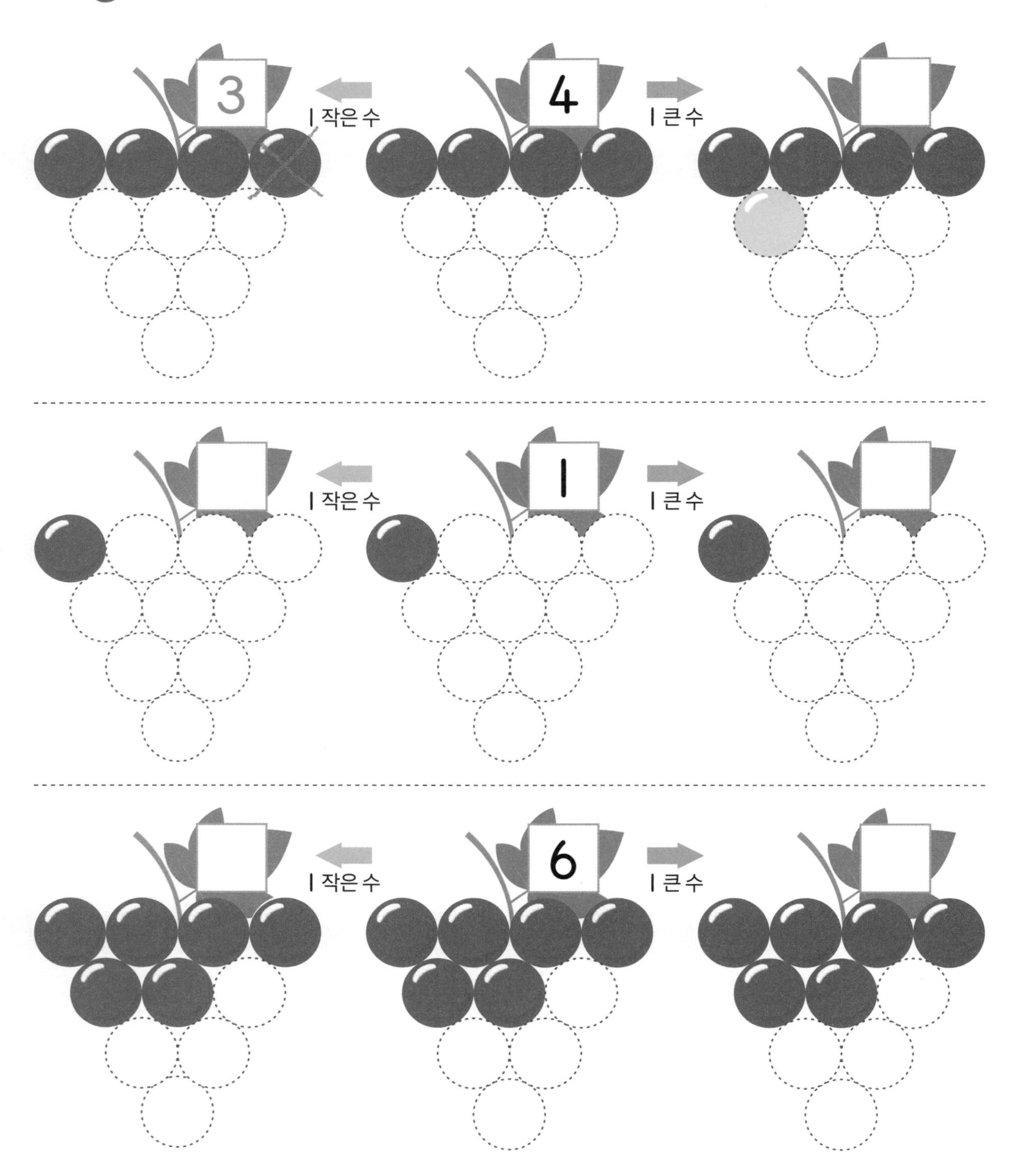

표를 보고 1 큰 수와 1 작은 수를 쓰세요.

0	1	2	3	4	5	6	7	8	9	10

왼쪽 1 작은 수 1 큰 수 오른쪽

1 작은 수		1 큰 수
2	3	4
	7	
	4	
	9	

칸토 쌤

1 큰 수와 1 작은 수를 구체물(포도알)을 직접 세는 방법과 수의 순서를 이용하는 방법으로 알아봅니다. 앞으로 세기와 거꾸로 세기는 1 큰 수와 1 작은 수를 찾는 데 필요한 기초 개념이에요.

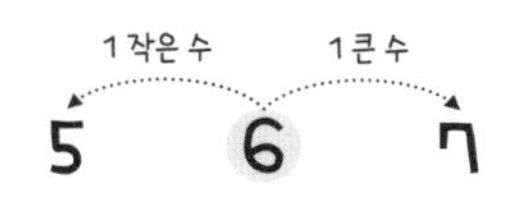

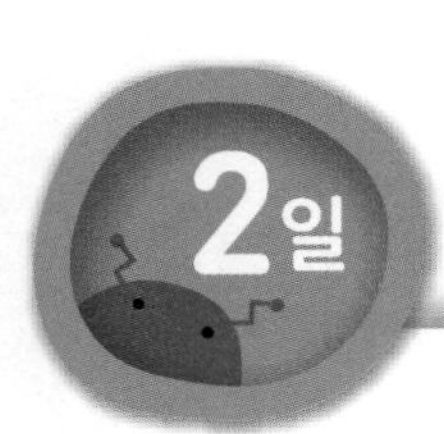

2일 더하기 1, 빼기 1(1)

관계있는 수를 찾아 선으로 이으세요.

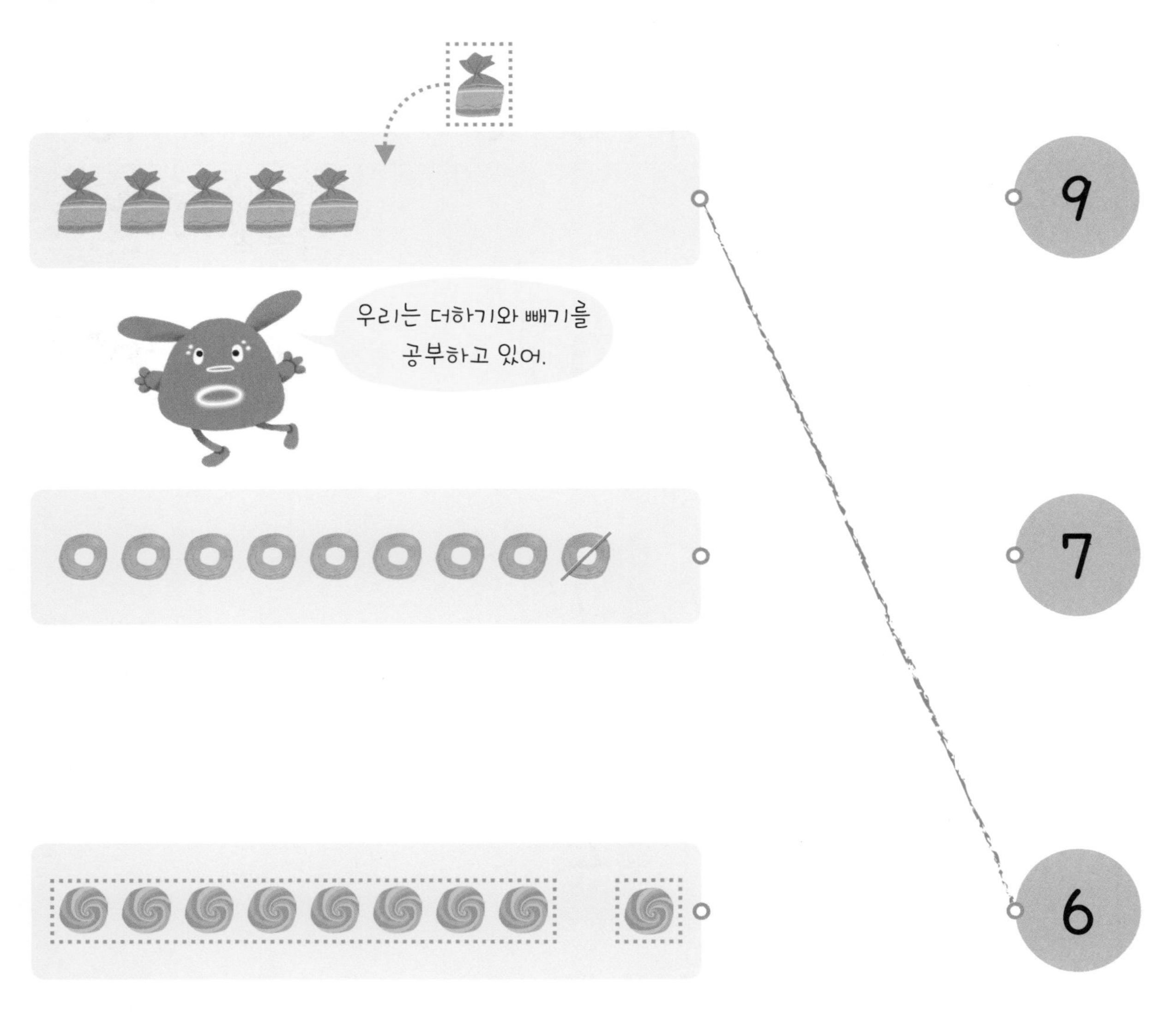
우리는 더하기와 빼기를
공부하고 있어.
9
7
6
8

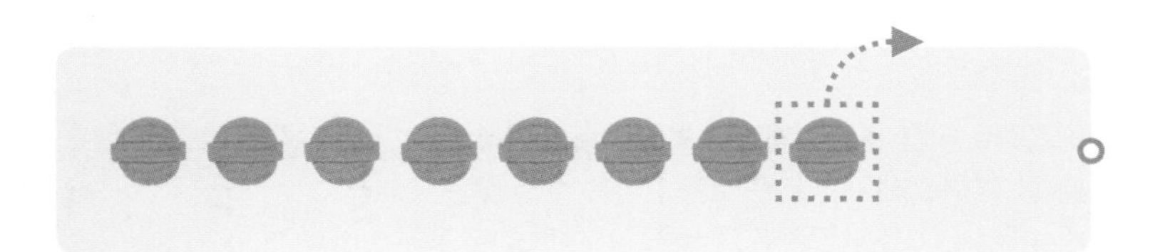

관계있는 것을 찾아 선으로 이으세요.

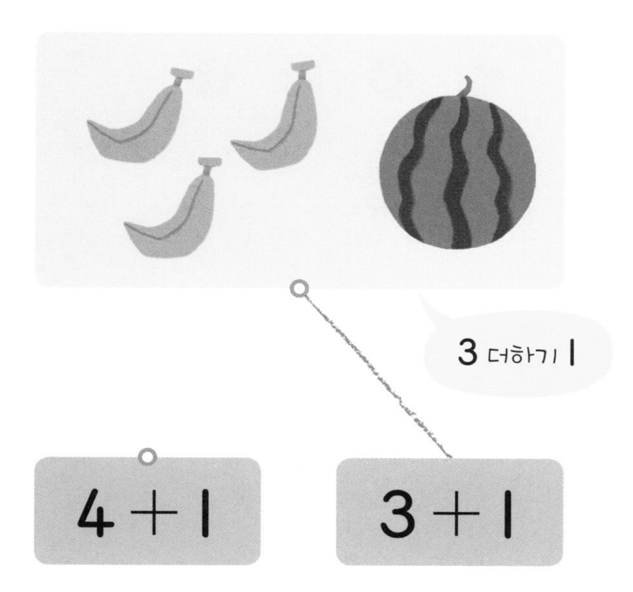

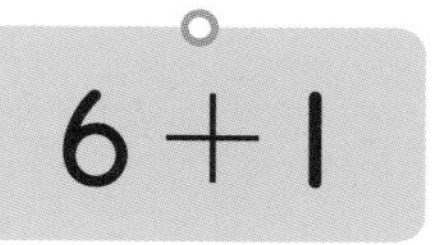

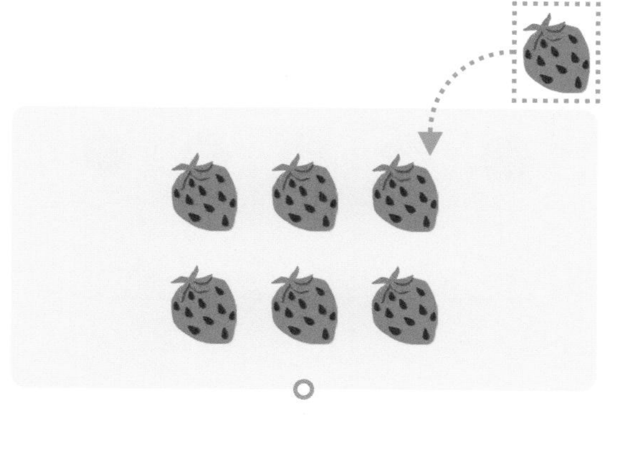

4 + 1　　3 + 1　　6 + 1　　6 + 2

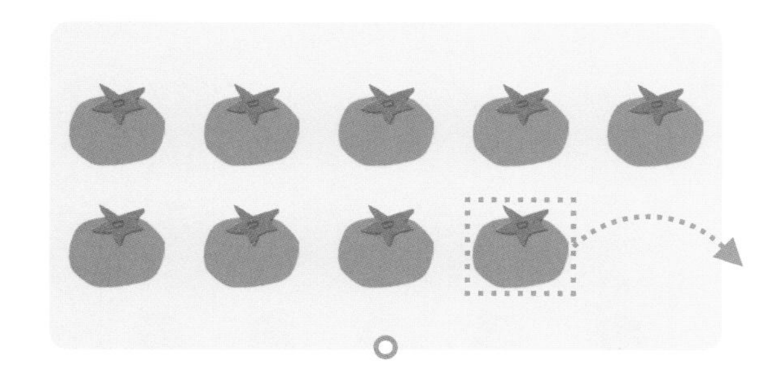

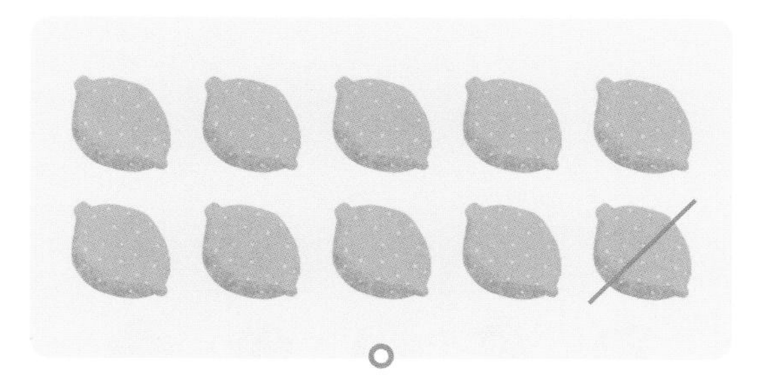

9 − 1　　7 + 1　　10 − 2　　10 − 1

3일 더하기 1, 빼기 1(2)

○를 색칠하거나 ●를 /으로 지워, 더하기 1 빼기 1을 계산하세요.

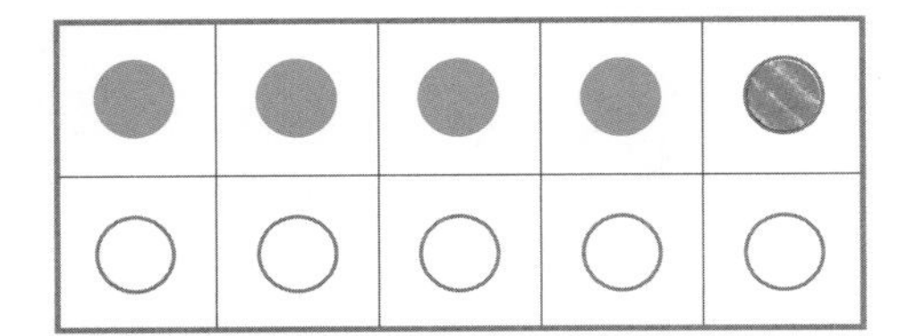

$4 + 1 = \square$

1	2	3	4	5
6	7	8	9	10

$4 - 1 = \square$

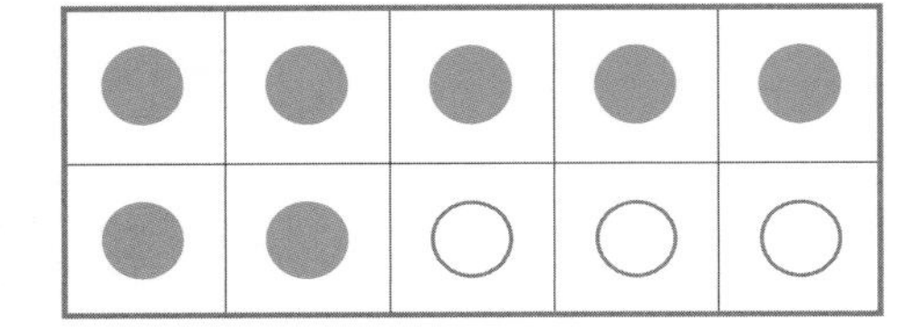

$7 + 1 = \square$

$7 - 1 = \square$

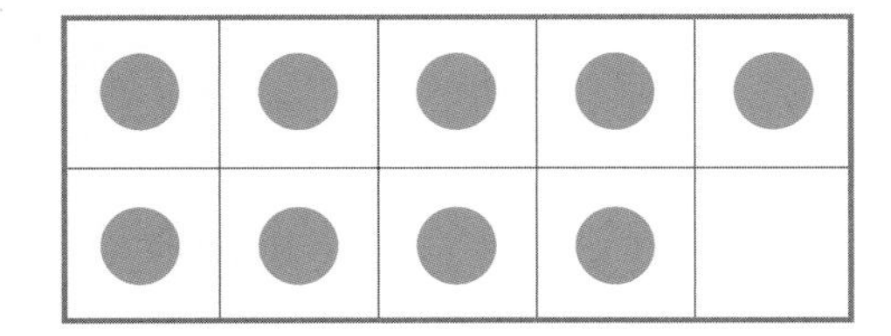

$9 + 1 = \square$

$9 - 1 = \square$

1 큰 수와 1 작은 수를 쓰고, 더하기 1 빼기 1을 계산하세요.

$6 - 1 = \square$

$6 + 1 = \square$

□ ····· 3 ····· □

1 작은 수 　 1 큰 수

$3 - 1 = \square$

$3 + 1 = \square$

□ ····· 5 ····· □

1 작은 수 　 1 큰 수

$5 - 1 = \square$

$5 + 1 = \square$

$8 - 1 = \square$

$8 + 1 = \square$

칸토 쌤

수의 순서를 잘 이용하지 못하는 아이들에게는 점 수판 이미지를 머리에 떠올려 계산하는 것이 더 쉬울 수 있어요. 점 수판은 한 자리 수의 덧셈 과정을 매우 쉽게 이해시켜주는 모형이에요.

$5 + 1 = \square$

6

더하기 1, 빼기 1 연습

덧셈, 뺄셈을 하여 알맞은 수가 적힌 동물을 얼음 위에 붙이세요.

덧셈과 뺄셈을 하세요.

$2-1=\square$

$5+1=\square$

$8+1=\square$

$10-1=\square$

$8-1=\square$

$7+1=\square$

$$\begin{array}{r} 4 \\ -\ 1 \\ \hline \square \end{array} \qquad \begin{array}{r} 9 \\ +\ 1 \\ \hline \square \end{array} \qquad \begin{array}{r} 5 \\ -\ 1 \\ \hline \square \end{array}$$

칸토 쌤

아이와 수 카드를 1장씩 뒤집어 1 큰 수 말하기 게임을 해 보세요. 아이가 어느 정도 능숙해지면 1 작은 수 말하기 게임도 해 보세요.

더하기·빼기 기호 넣기

 ◌ 안에 ⊕ 또는 ⊖ 기호 딱지를 알맞게 붙이세요.

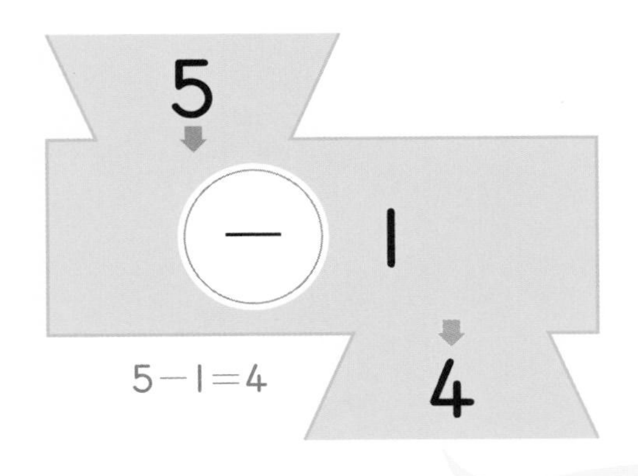

5에서 1을 빼야 4가 돼.

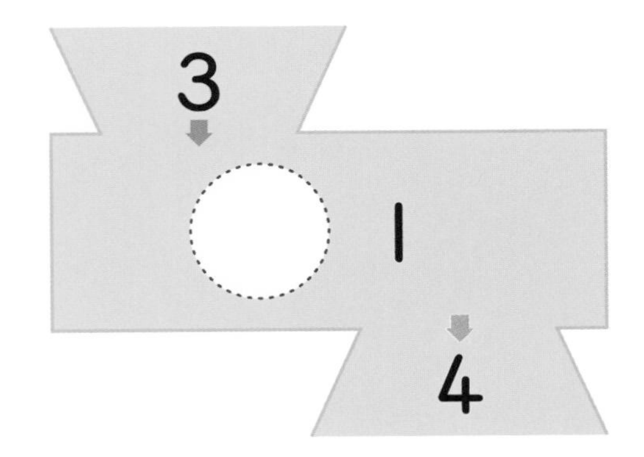

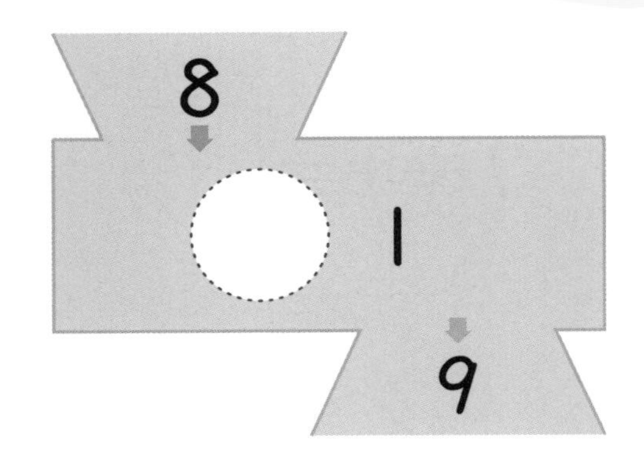

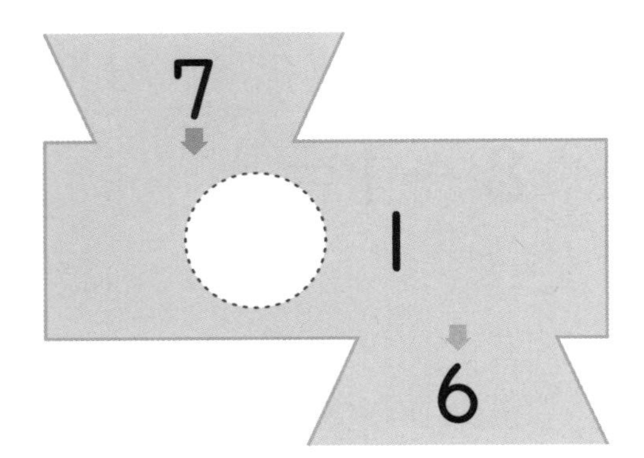

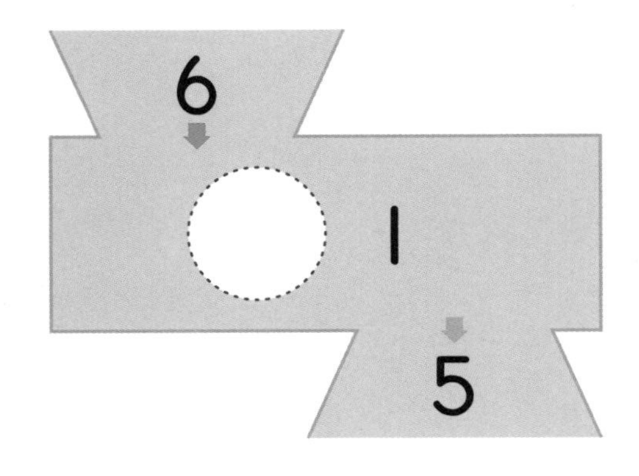

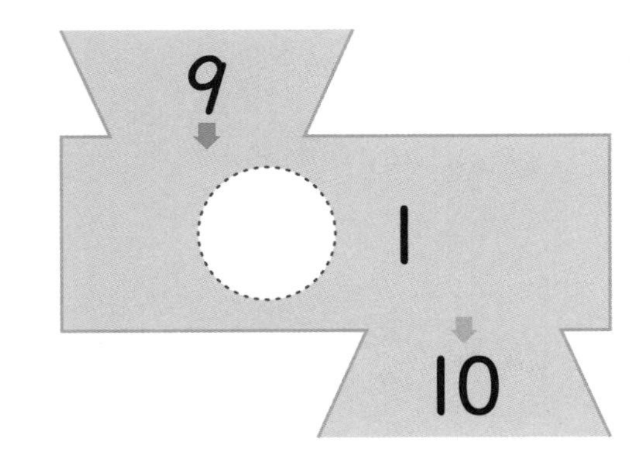

덧셈과 뺄셈에 맞게 선을 그으세요.

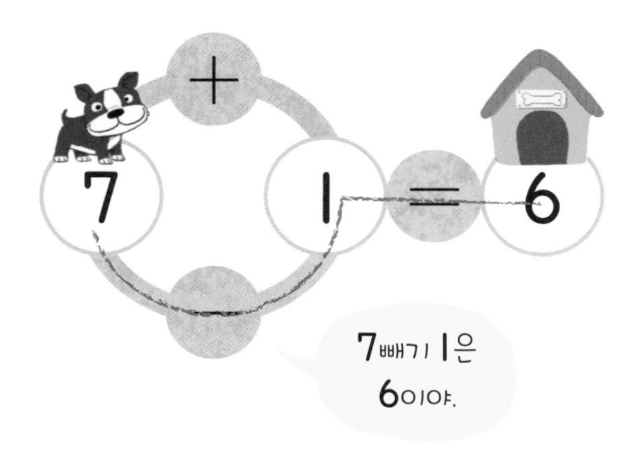

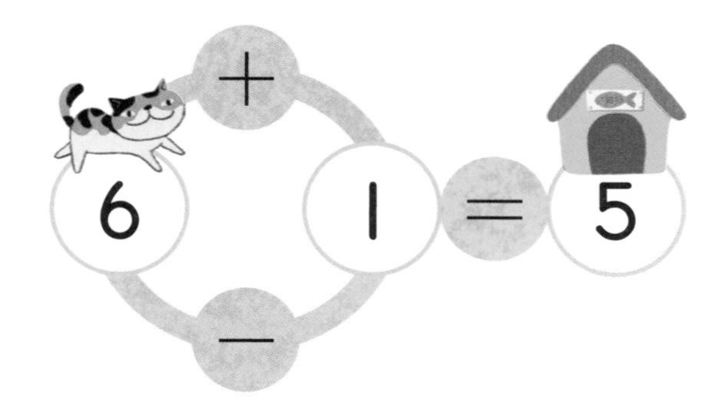

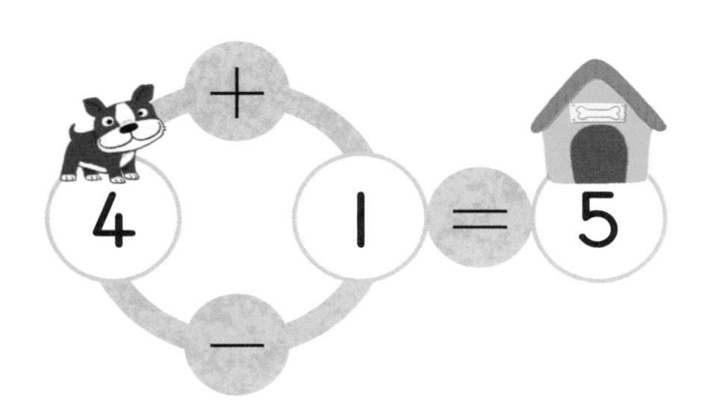

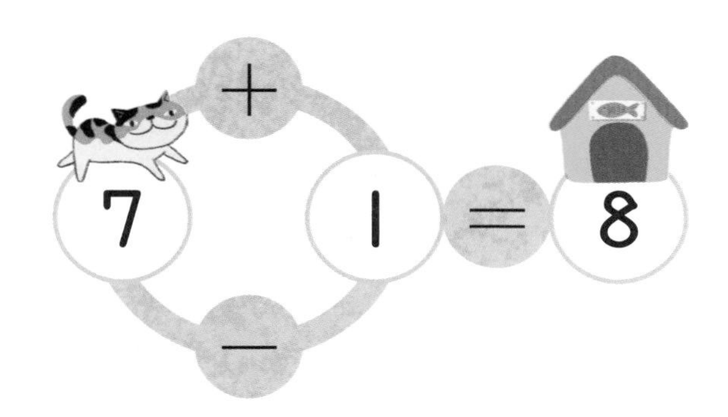

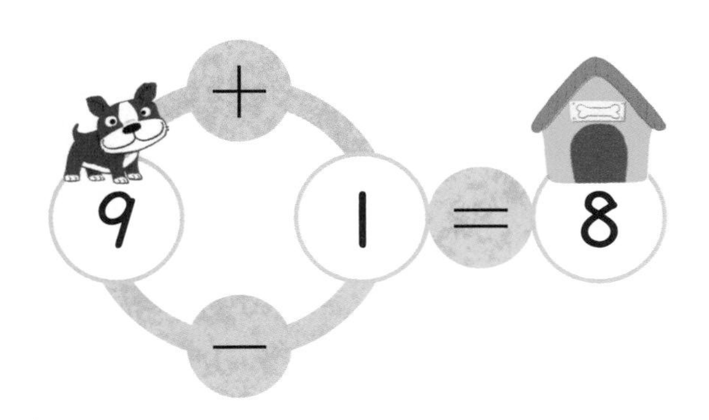

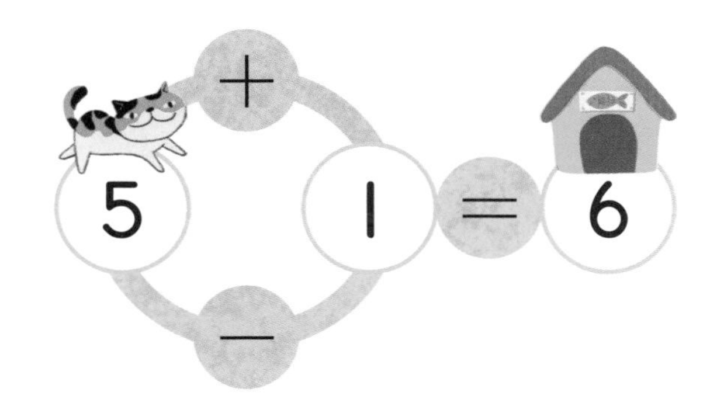

칸토 쌤

완성되지 않은 식을 만나면 어려워하는 아이들이 있어요.
처음 수와 나중 수를 비교하여 나중 수가 커지면 ＋ 기호를, 나중 수가 작아지면 －기호를 넣는다는 것을 알게 해 주세요.

커짐
4 ○ 1 = 5 → ⊕
작아짐
8 ○ 1 = 7 → ⊖

확인학습

1 큰 수와 1 작은 수를 쓰고, 더하기 1 빼기 1을 계산하세요.

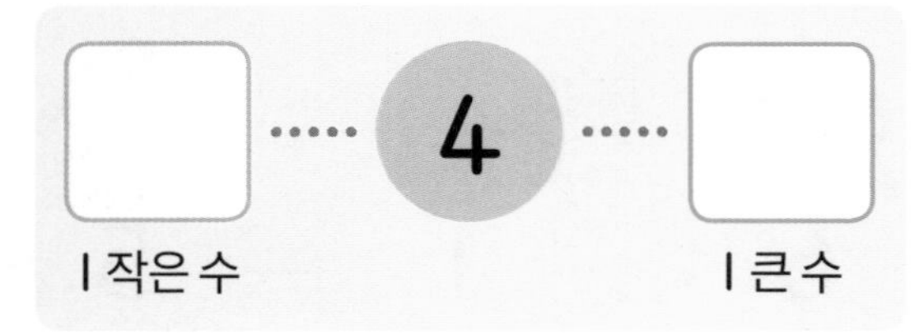

1 작은 수	4	1 큰 수
□	4	□

1 작은 수	7	1 큰 수
□	7	□

$4 - 1 = \square$

$4 + 1 = \square$

$7 - 1 = \square$

$7 + 1 = \square$

덧셈과 뺄셈에 맞게 선을 그으세요.

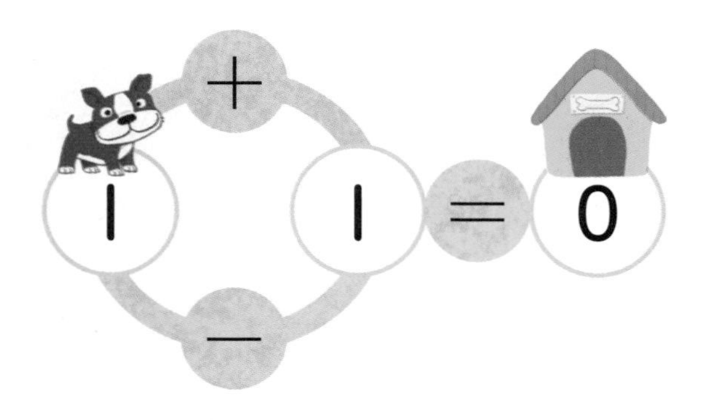

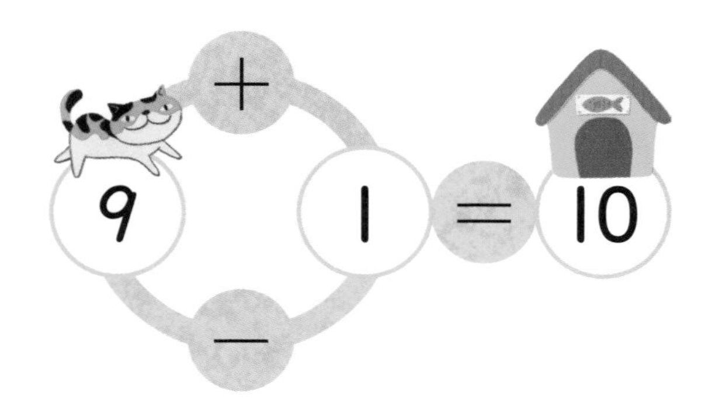

➡ 31쪽으로 돌아가 3주 차 학습 기준을 달성했는지 체크해 보세요.

4주 □가 있는 더하기와 빼기

학습 기준

- □가 있는 더하기 1의 식에서 ○를 그려 □ 안의 수를 구할 수 있나요? □
- □가 있는 더하기 1의 식에서 1번 뛰어 세어 □ 안의 수를 구할 수 있나요? □
- □가 있는 빼기 1의 식에서 ●를 지워 □ 안의 수를 구할 수 있나요? □
- □가 있는 빼기 1의 식에서 거꾸로 1번 뛰어 세어 □ 안의 수를 구할 수 있나요? □

1일 □가 있는 더하기 1

빈 곳에 ○를 개수에 맞게 그리고, 빈칸에 알맞은 수를 쓰세요.

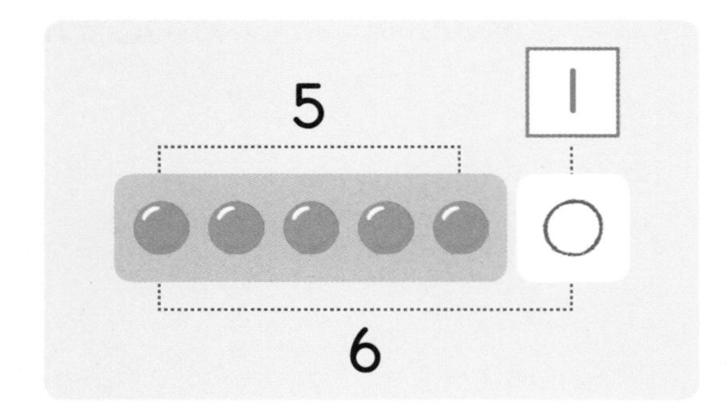

$5 + \square = 6$

5개에 몇 개를
더하면 6이 돼?

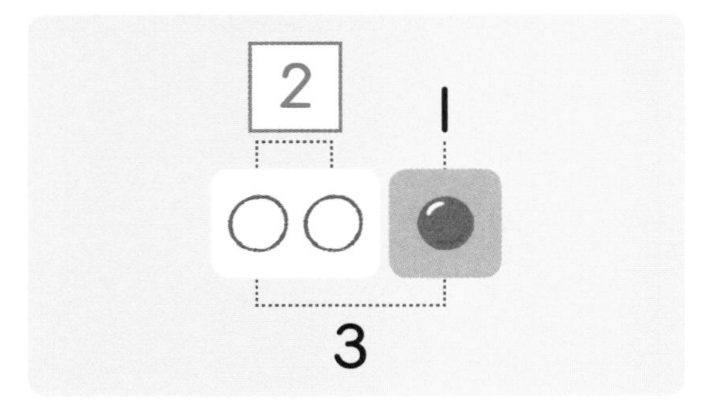

$\square + 1 = 3$

1개를 더하면 3이 돼.
원래 몇 개 있었어?

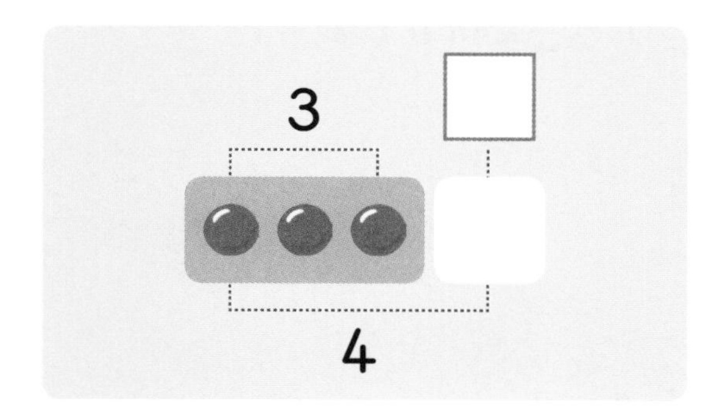

$3 + \square = 4$

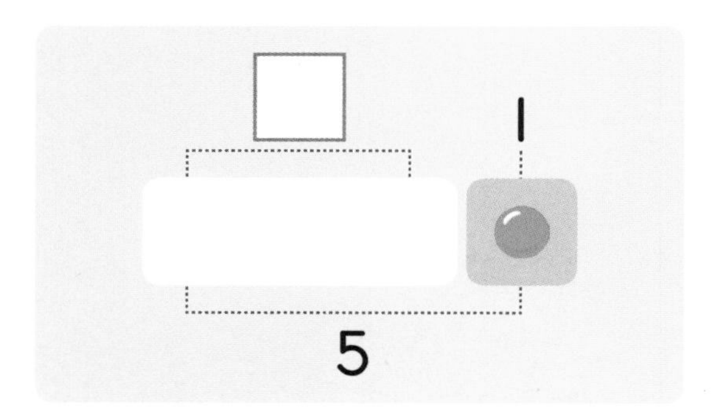

$\square + 1 = 5$

빈 곳에 알맞은 수를 쓰세요.

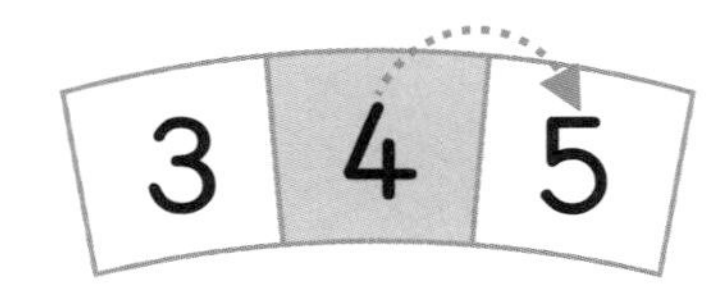

4 + □ = 5

4에서 오른쪽으로 몇 칸 뛰면 5야?

4 5 6

□ + 1 = 6

어떤 수에서 오른쪽으로 1칸 뛰면 6이 돼?

7 8 9

8 + □ = 9

2 □ 4

□ + 1 = 4

5 6 7

6 + □ = 7

8 □ 10

□ + 1 = 10

칸토 쌤

□가 있는 더하기 1의 식에서 □ 안의 수를 구하는 문제예요.
더하기 1을 찾는 것은 쉬울 수 있지만 더해지는 수 □를 찾는 것은 어려워요. 이야기를 이용하거나 구체물을 직접 세어 구할 수 있도록 도와주세요.

원래 있던 구슬은 몇 개야?

□ + 1 = 4

□가 있는 더하기 1 연습

빈 곳에 알맞은 수를 쓰세요.

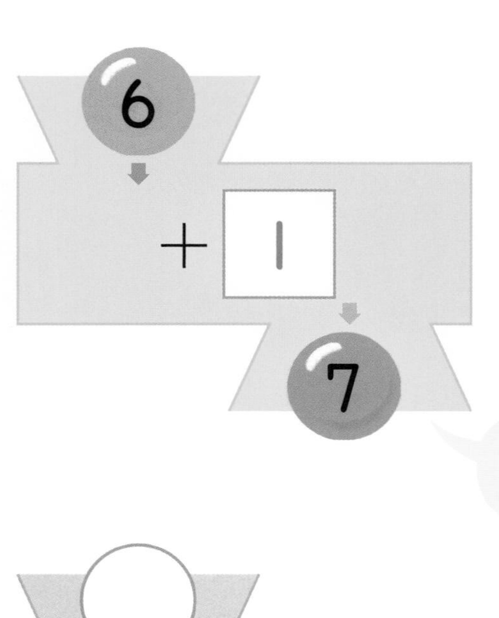

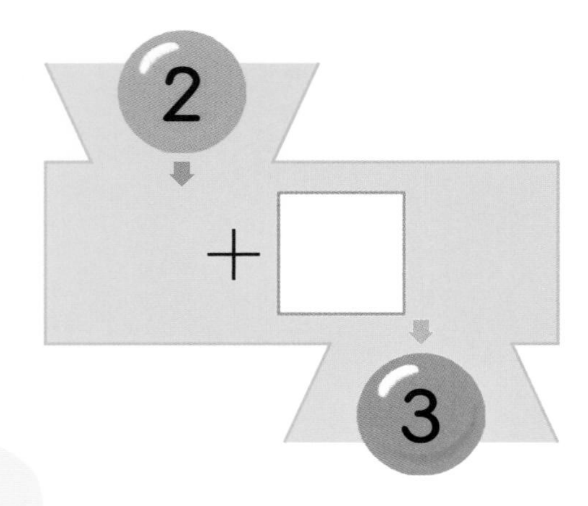

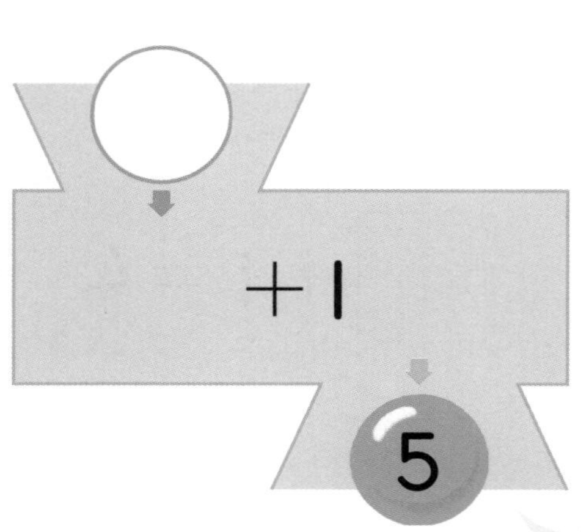

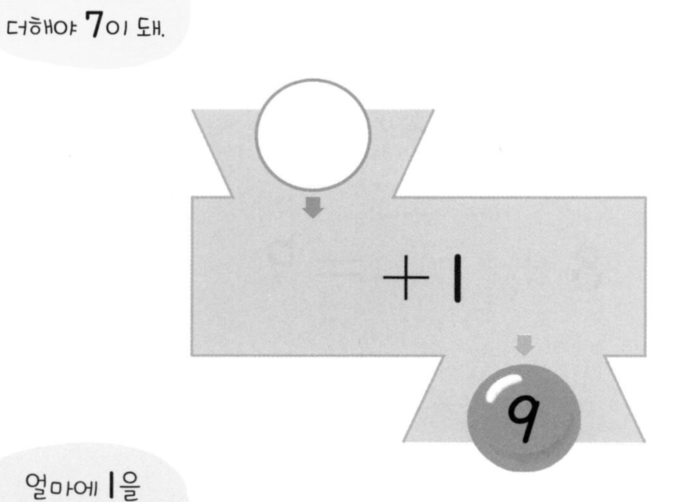

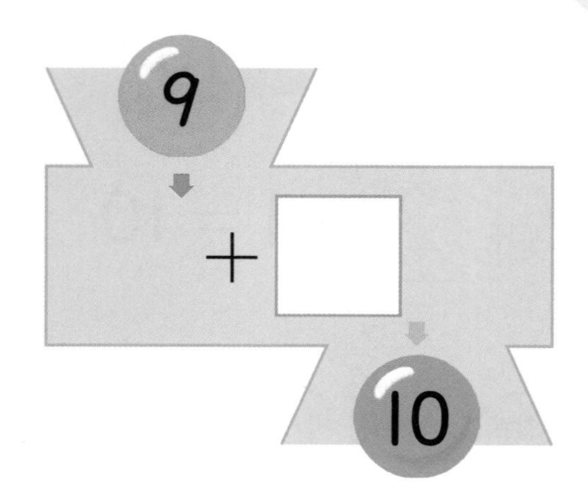

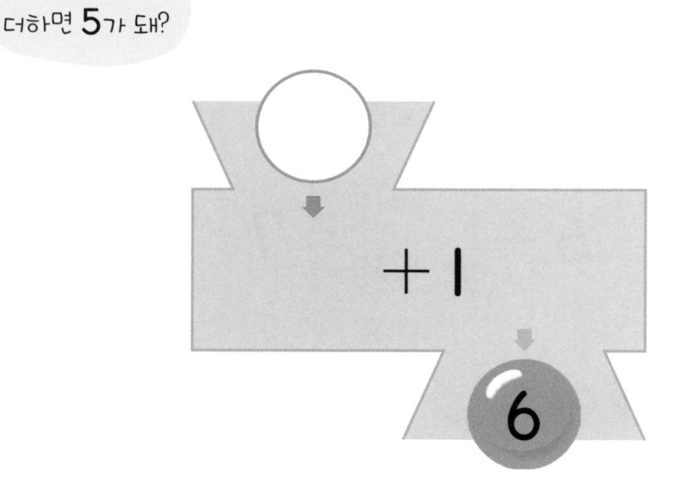

두더지가 구슬을 땅 속에 넣어요. 빈칸에 알맞은 수를 쓰고 구슬을 알맞게 붙이세요.

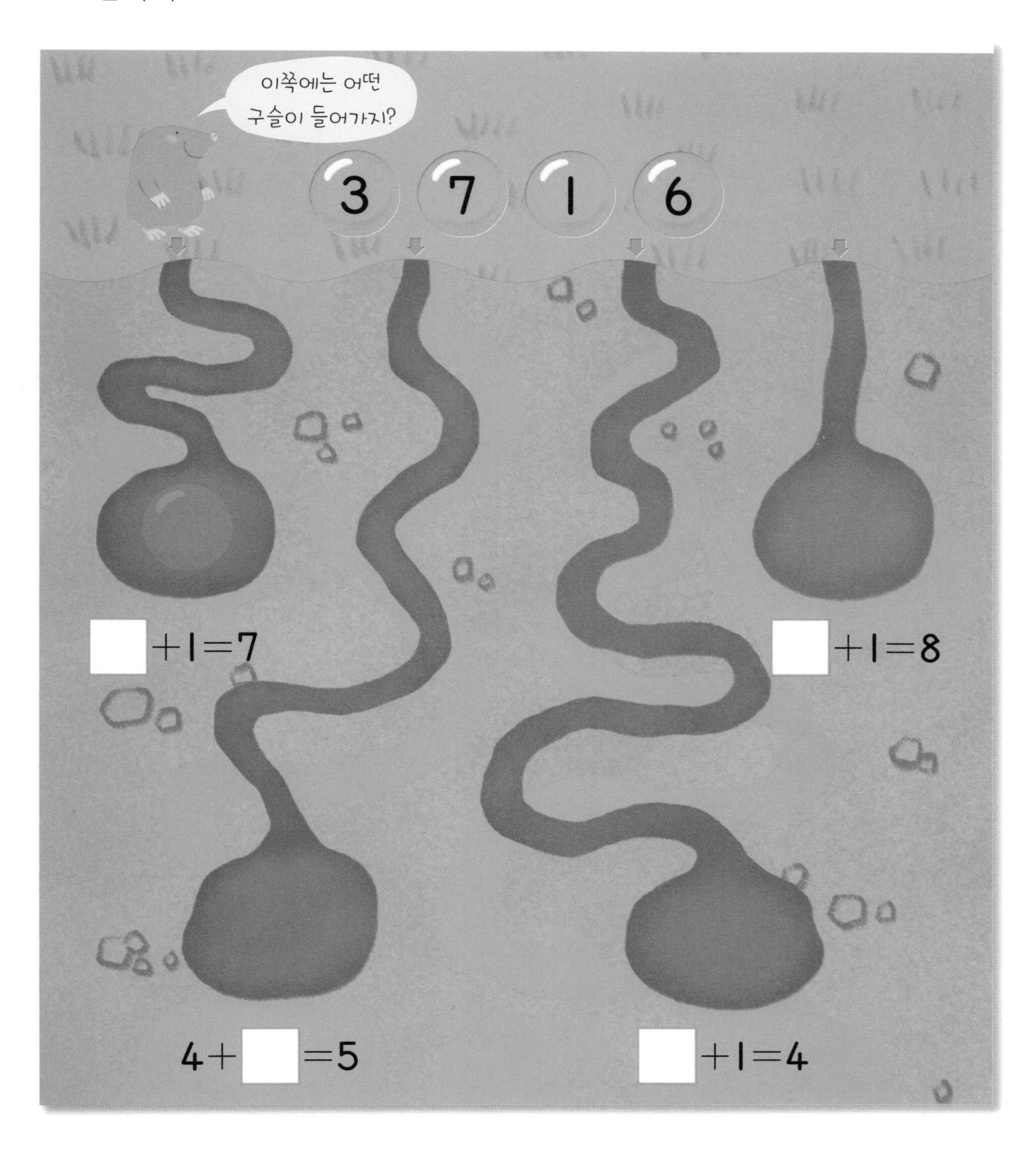

3일 □가 있는 빼기 1

/으로 ●을 지우고, 빈칸에 알맞은 수를 쓰세요.

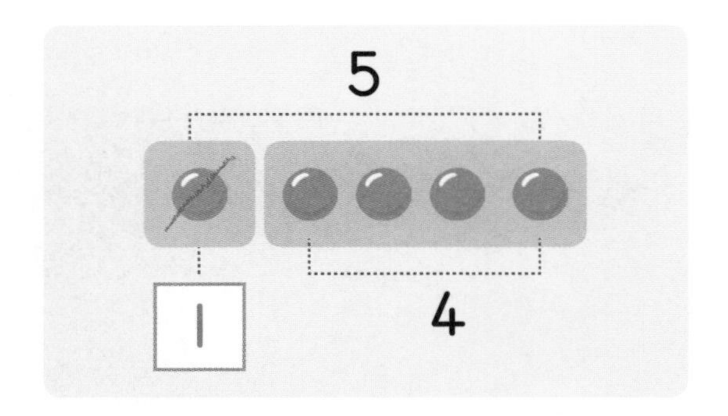

$5 - \square = 4$

5개에서 몇 개를 빼면 4가 돼?

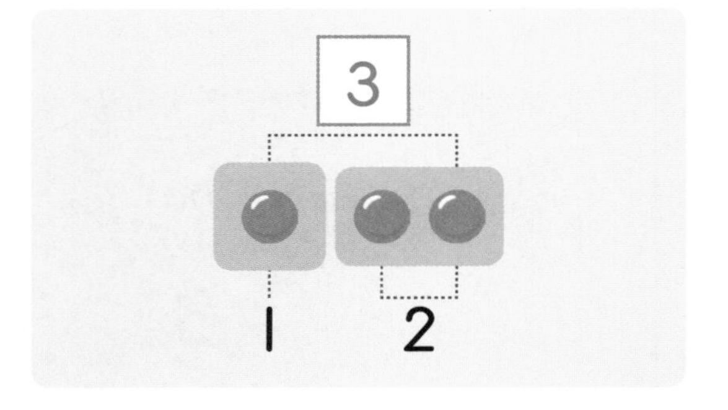

$\square - 1 = 2$

1개를 빼면 2가 돼. 원래 몇 개 있었어?

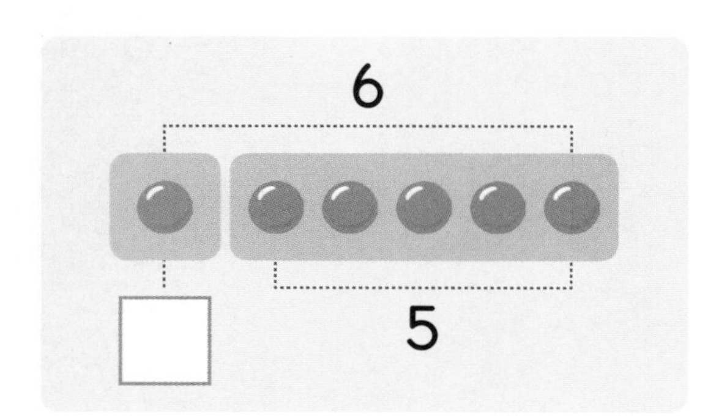

$6 - \square = 5$

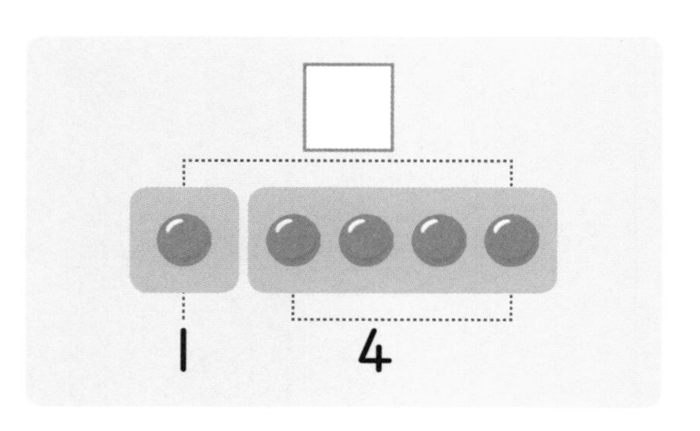

$\square - 1 = 4$

빈 곳에 알맞은 수를 쓰세요.

3 − □ = 2

3에서 왼쪽으로 몇 칸 뛰면 2야?

6 7 8

□ − 1 = 6

어떤 수에서 왼쪽으로 1칸 뛰면 6이 돼?

5 6 7

6 − □ = 5

8 10

□ − 1 = 8

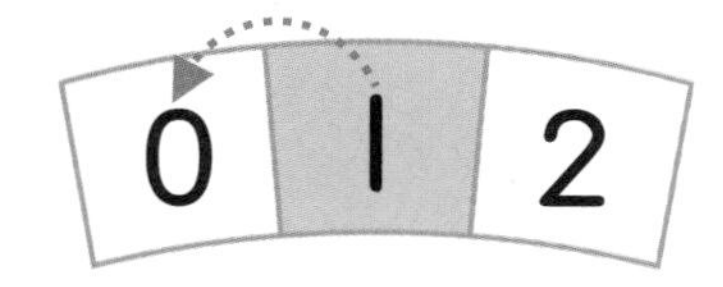

1 − □ = 0

7 9

□ − 1 = 7

칸토 쌤 더하기 1과 같이 빼기 1을 찾는 것은 쉬울 수 있지만 빼지는 수 □를 찾는 것은 어려워요. 구체물과 이야기를 활용해 보세요. 시행착오가 필요한 문제이므로 시간을 두고 천천히 연습해 봅니다.

원래 있던 구슬은 몇 개야?

□ − 1 = 2

4일 □가 있는 빼기 1 연습

빈 곳에 알맞은 수를 쓰세요.

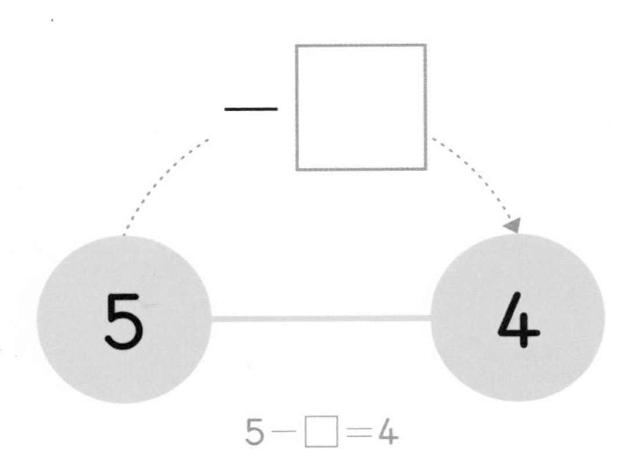

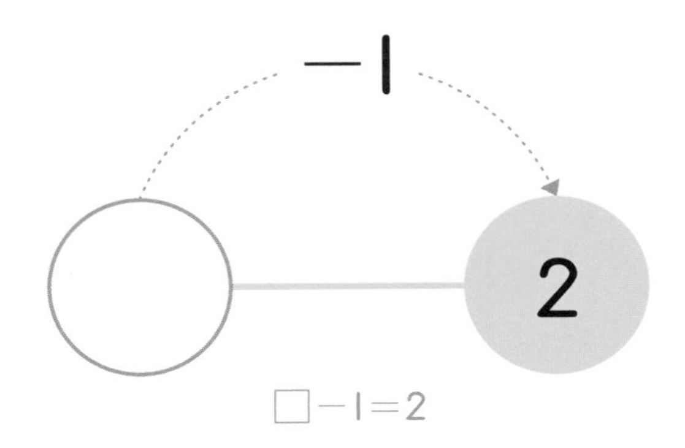

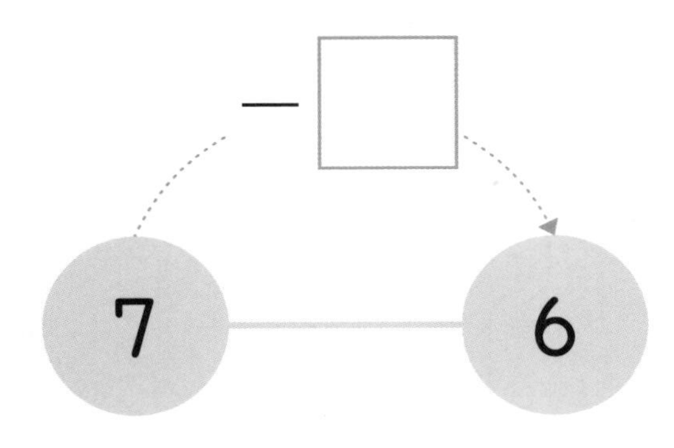

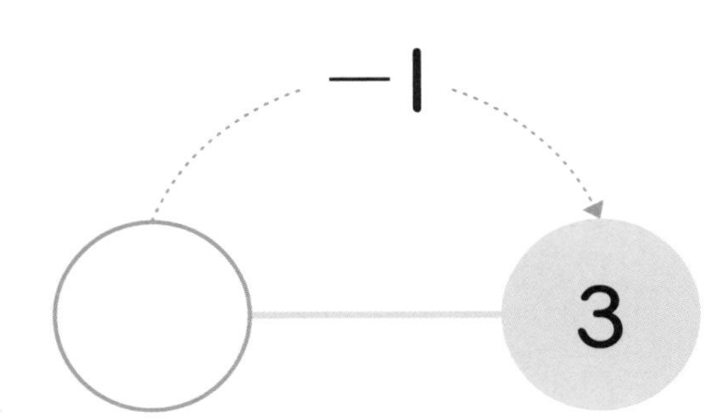

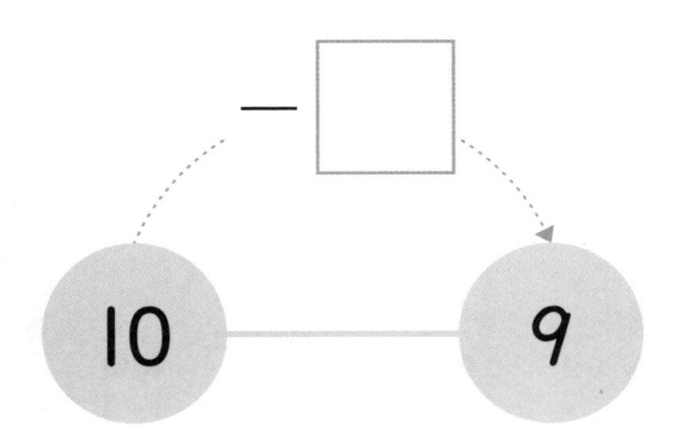

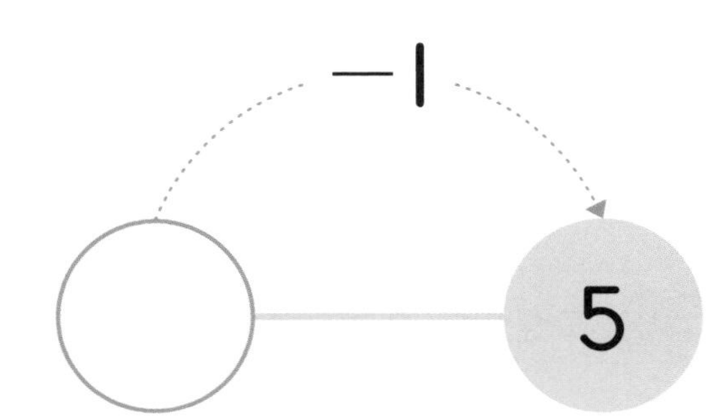

화살을 쏘아 □ 안의 수를 맞히려고 해요. 알맞은 수에 색칠하세요.

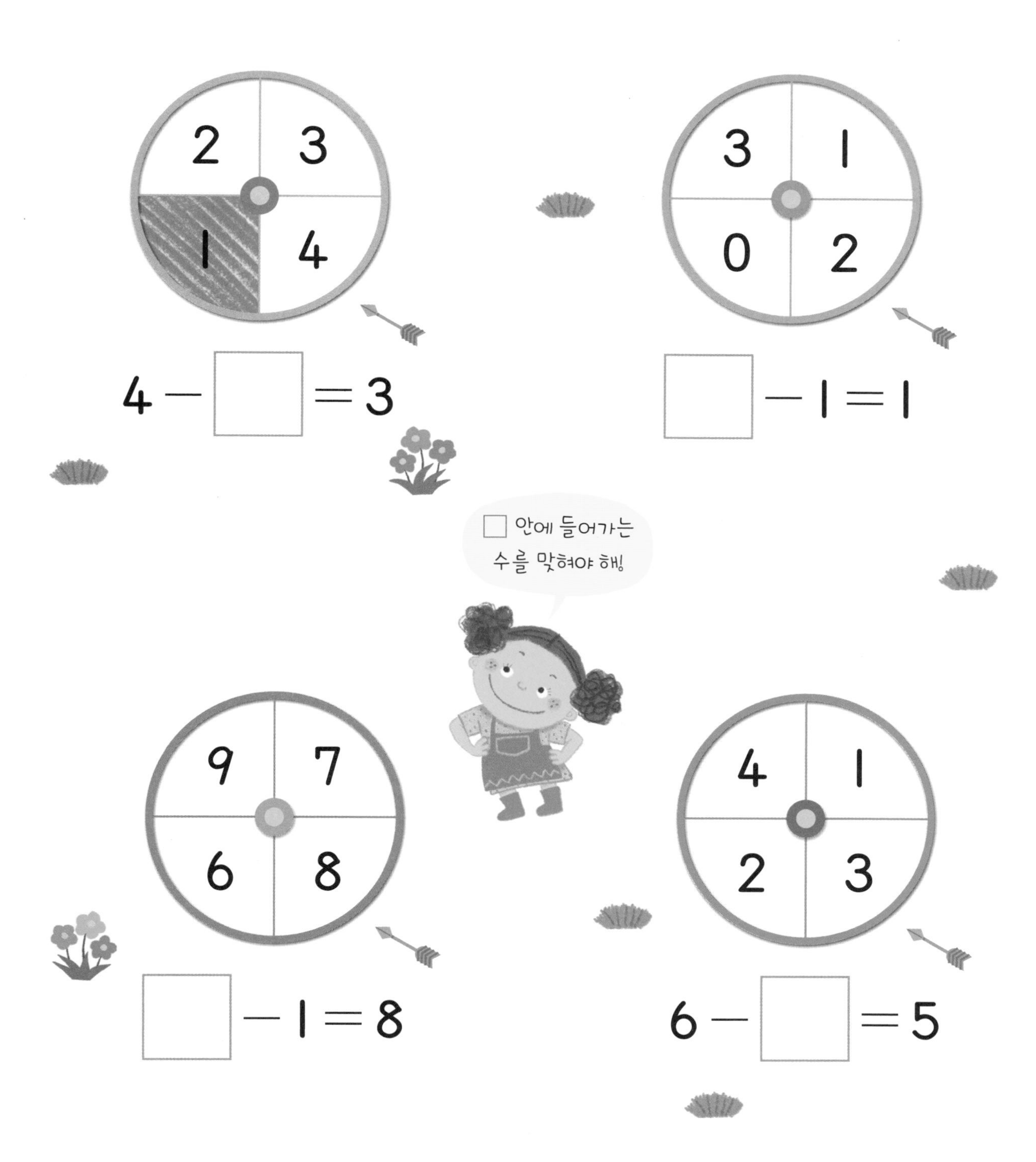

5일 □가 있는 더하기 1, 빼기 1

알맞은 식이 되도록 선을 그으세요.

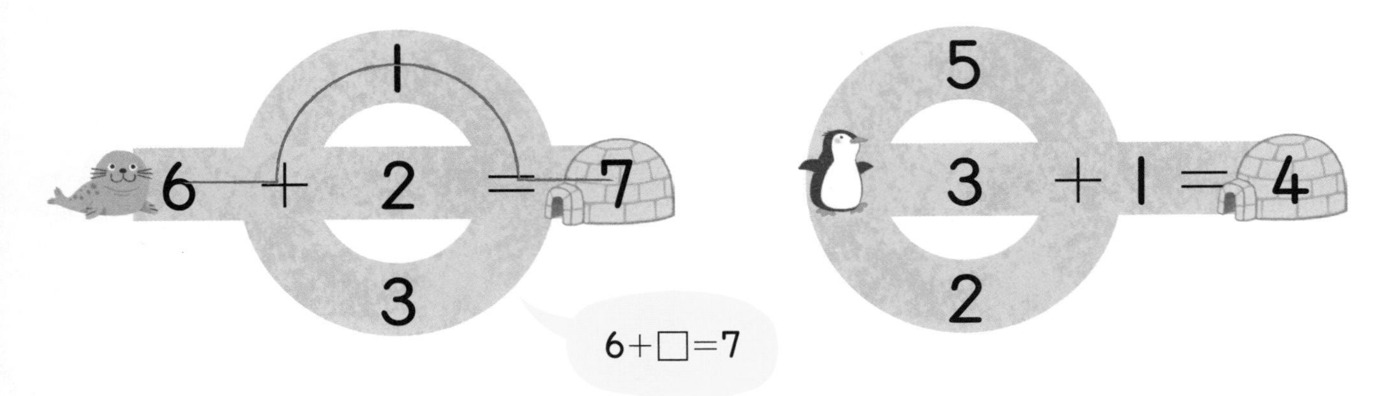

2
7 − 3 = 6
1

9
7 − 1 = 8
10

1
4 + 3 = 5
2

5
2 − 1 = 3
4

빈칸에 알맞은 수를 쓰세요.

$5 + \square = 6$

$2 - \square = 1$

$\square + 1 = 4$

$\square - 1 = 7$

$\square + 1 = 10$

$6 - \square = 5$

$$\begin{array}{r} 7 \\ + \ \square \\ \hline 8 \end{array} \qquad \begin{array}{r} 4 \\ - \ \square \\ \hline 3 \end{array} \qquad \begin{array}{r} \square \\ - \ 1 \\ \hline 4 \end{array}$$

확인학습

빈 곳에 알맞은 수를 쓰세요.

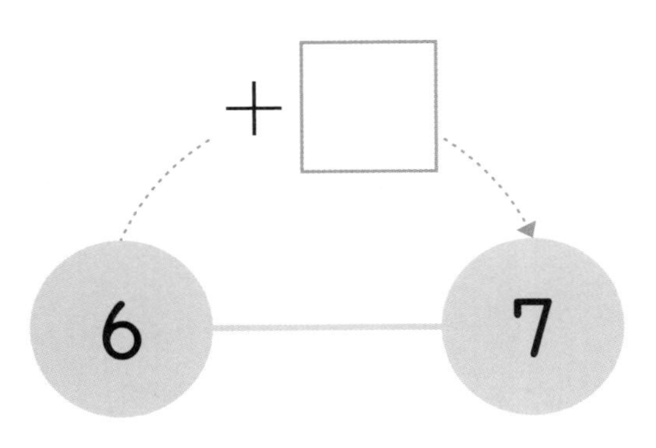

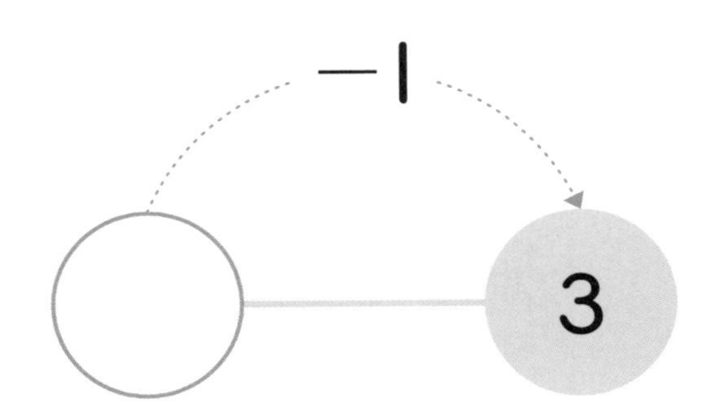

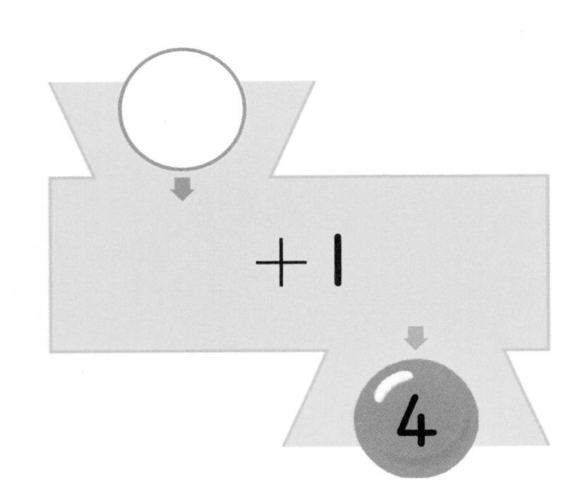

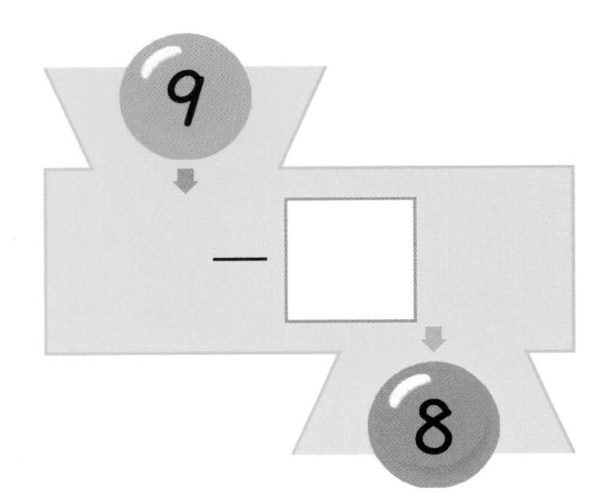

빈칸에 알맞은 수를 쓰세요.

$4 + \square = 5$

$7 - \square = 6$

$\square + 1 = 8$

$\square - 1 = 1$

➡ 43쪽으로 돌아가 4주 차 학습 기준을 달성했는지 체크해 보세요.

마무리 평가

마무리 평가에서는 1, 2, 3, 4주 차의 유형이 순서대로 나옵니다.
문제가 틀리면 몇 주 차인지 확인하여 반드시 다시 한번 복습합니다.

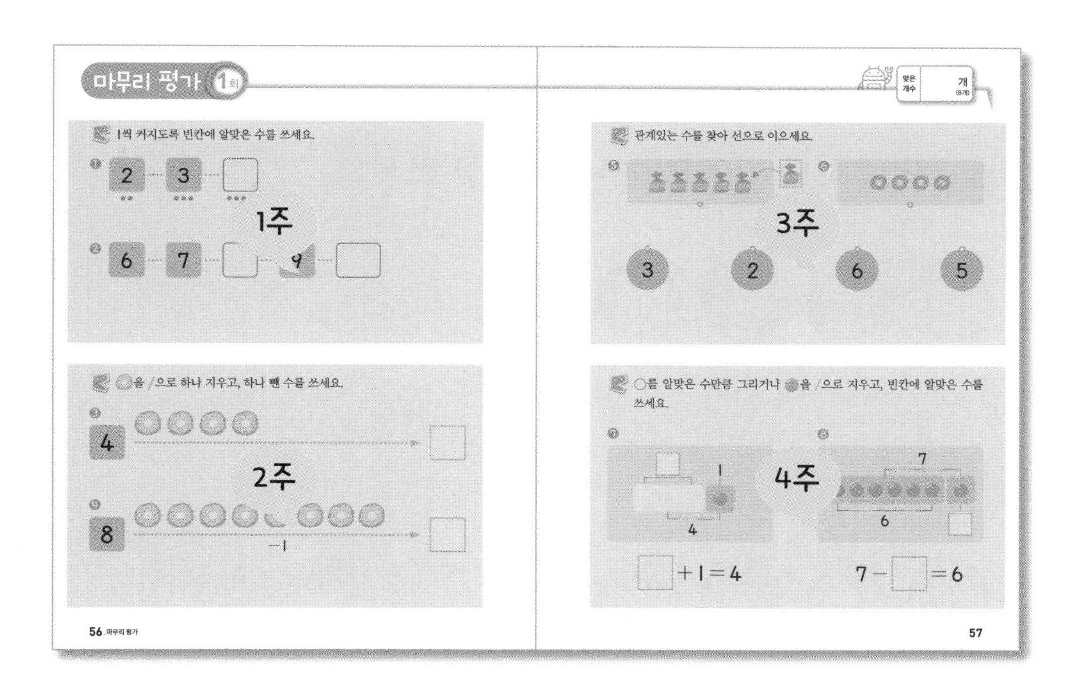

마무리 평가 1회
1씩 커지도록 빈칸에 알맞은 수를 쓰세요.
1주
○을 /으로 하나 지우고, 하나 뺀 수를 쓰세요.
2주
관계있는 수를 찾아 선으로 이으세요.
3주
○를 알맞은 수만큼 그리거나 ●을 /으로 지우고, 빈칸에 알맞은 수를 쓰세요.
4주
□+1=4
7−□=6
56 마무리 평가
57

마무리 평가 1회

1씩 커지도록 빈칸에 알맞은 수를 쓰세요.

❶

❷

을 /으로 하나 지우고, 하나 뺀 수를 쓰세요.

❸

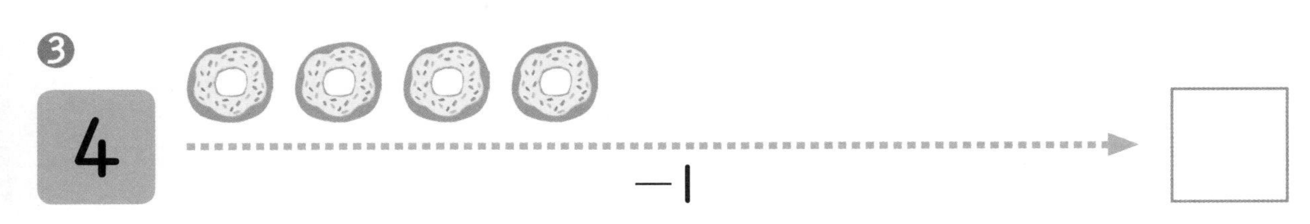

❹

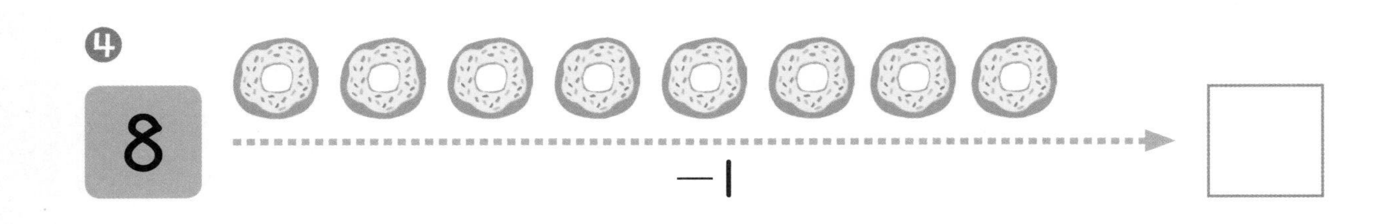

관계있는 수를 찾아 선으로 이으세요.

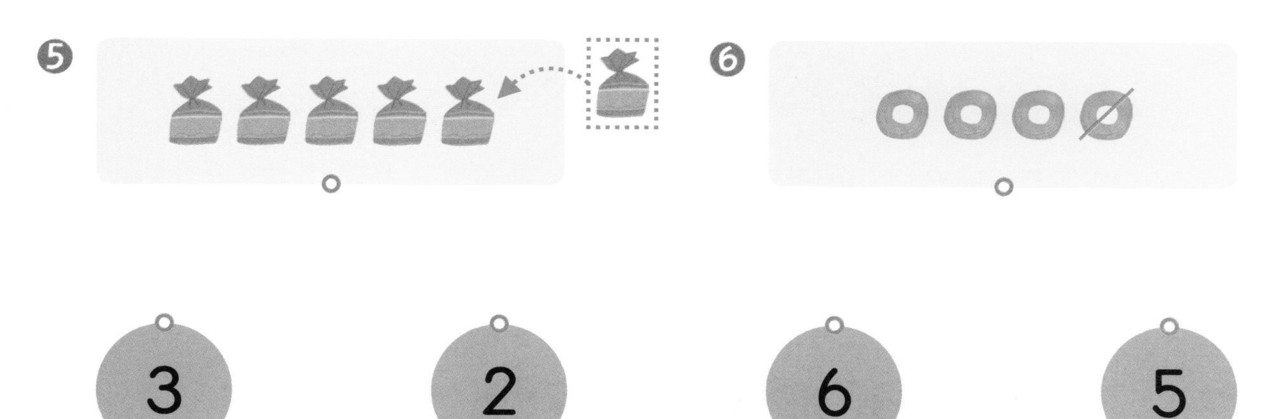

○를 알맞은 수만큼 그리거나 ●을 /으로 지우고, 빈칸에 알맞은 수를 쓰세요.

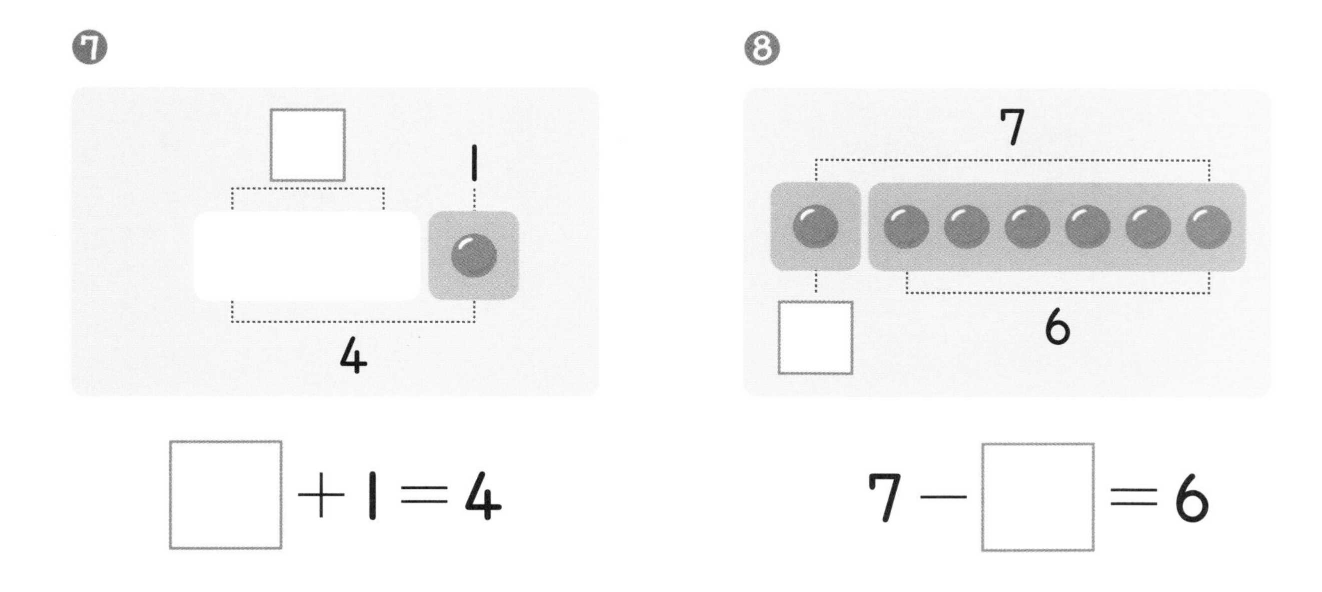

마무리 평가 2회

하나 더 많게 ○를 그리고, 1 큰 수를 쓰세요.

❶ 3

1	2	3	4	5	6	7	8	9	10

□

❷ 5

1	2	3	4	5	6	7	8	9	10

□

알맞은 식을 찾아 선으로 이으세요.

❸

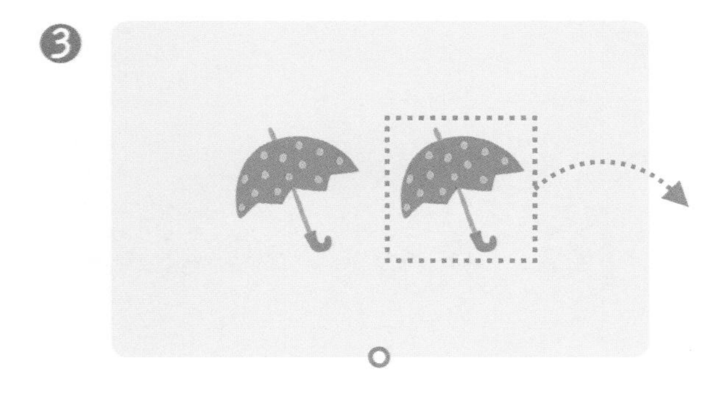

2 − 1　　3 − 1

❹

5 − 2　　5 − 1

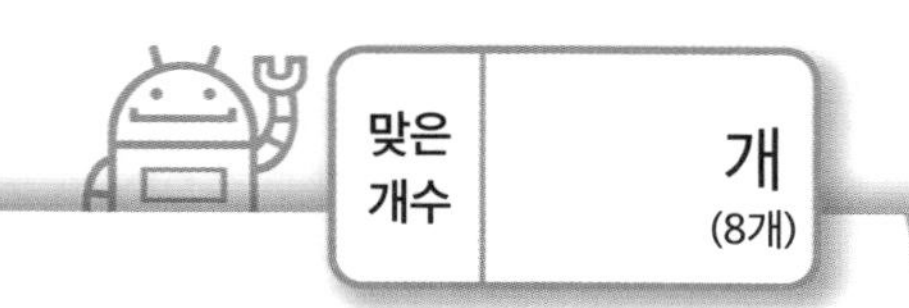

I 큰 수와 I 작은 수를 쓰세요.

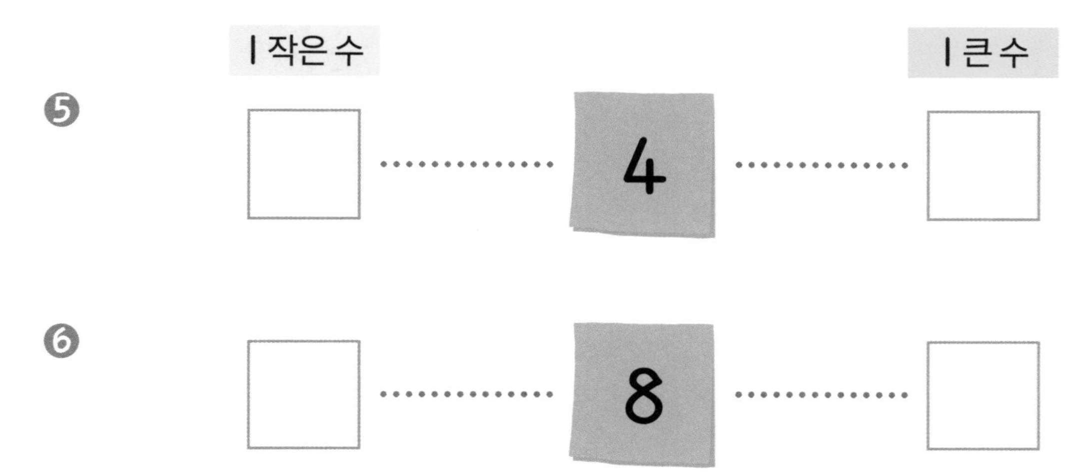

빈 곳에 알맞은 수를 쓰세요.

❼ 7 □ 9

□ + 1 = 9

❽ 5 6 7

6 − □ = 5

마무리 평가 3회

알맞은 식을 찾아 선으로 이으세요.

❶

3+2　　3+1

❷

6+1　　4+1

거꾸로 1번 뛰어 세어 빼기 1을 계산하세요.

❸

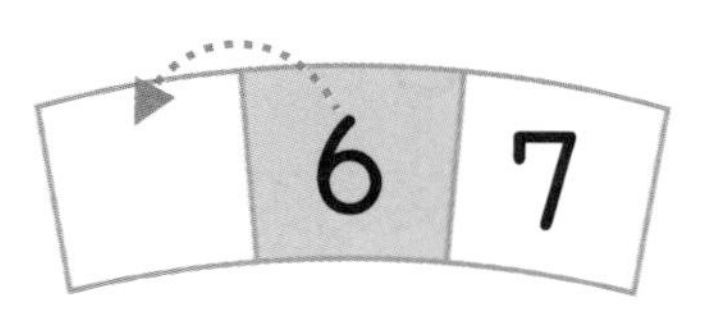

$6-1=\square$

❹

	9	10

$9-1=\square$

○를 색칠하거나 ●를 /으로 지워, 더하기 1 빼기 1을 계산하세요.

❺

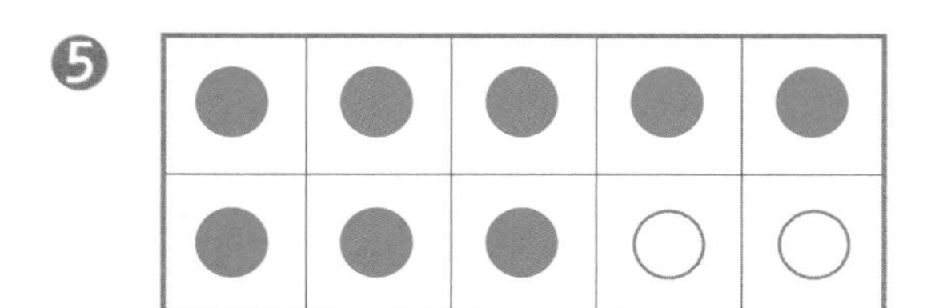

$8+1=\square$

❻

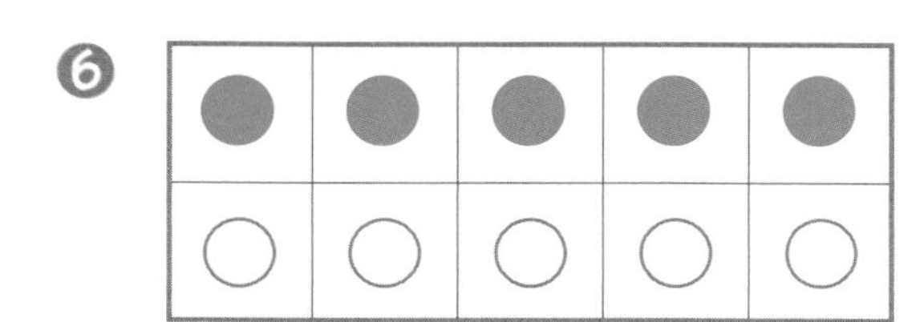

$5-1=\square$

빈 곳에 알맞은 수를 쓰세요.

❼

3 4 5

$4+\square=5$

❽

8 9

$\square-1=9$

마무리 평가 4회

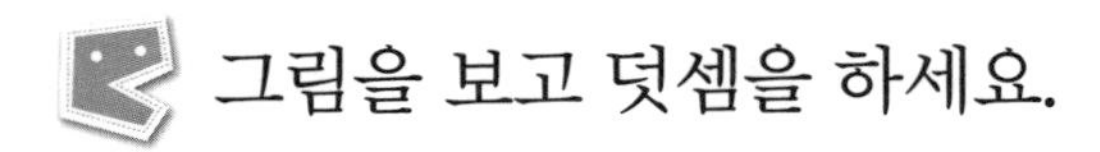

그림을 보고 덧셈을 하세요.

❶

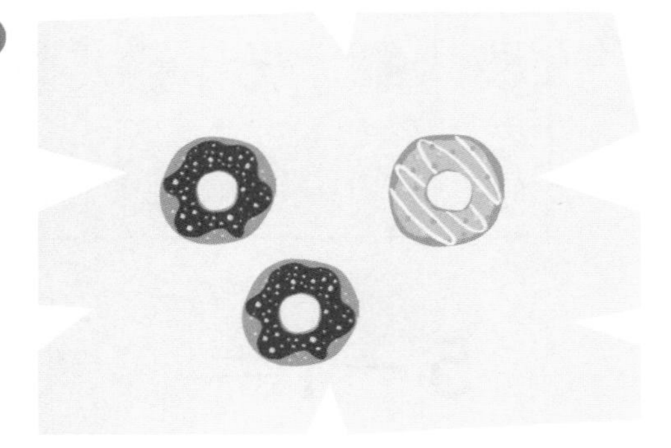

$2 + 1 = \square$

❷

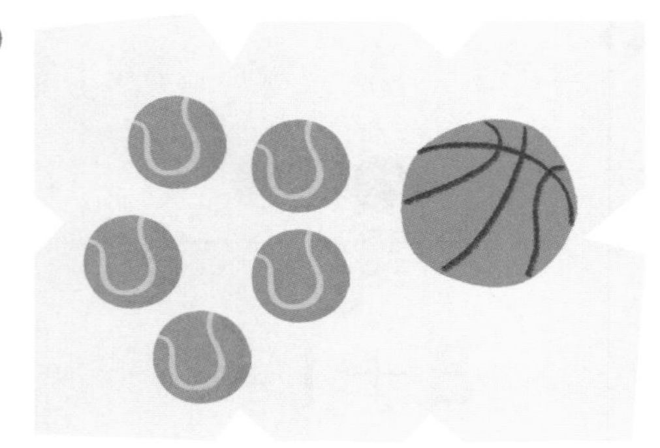

$5 + 1 = \square$

1씩 작아지도록 빈칸에 알맞은 수를 쓰세요.

❸

❹

❺

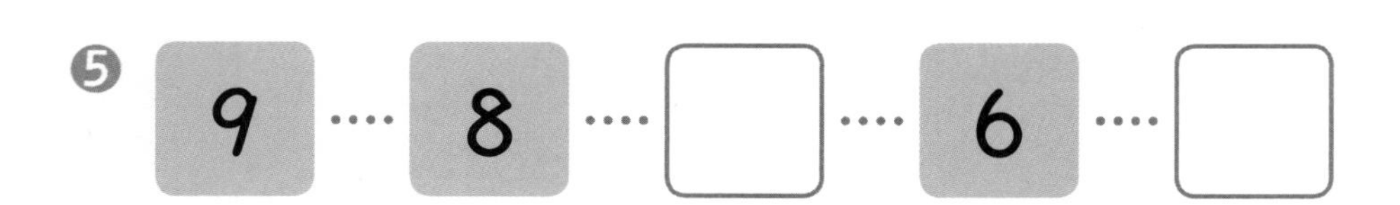

더하기 1과 빼기 1을 계산하세요.

❻ $3+1=\square$

❼ $4-1=\square$

❽
$$\begin{array}{r} 9 \\ -\ 1 \\ \hline \square \end{array}$$

빈칸에 알맞은 수를 찾아 색칠하세요.

❾

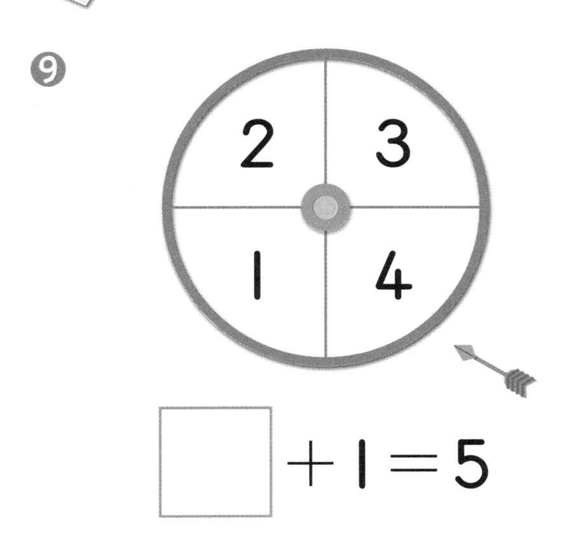

$\square+1=5$

❿

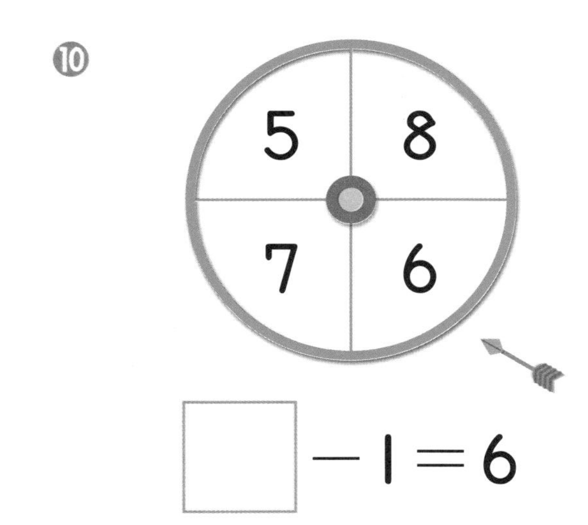

$\square-1=6$

마무리 평가 5회

1번 뛰어 세어 더하기 1을 계산하세요.

❶

$3+1=\square$

❷ 7 8

$8+1=\square$

빼셈 상자에 수를 넣었어요. 빈 곳에 알맞은 수를 쓰세요.

❸

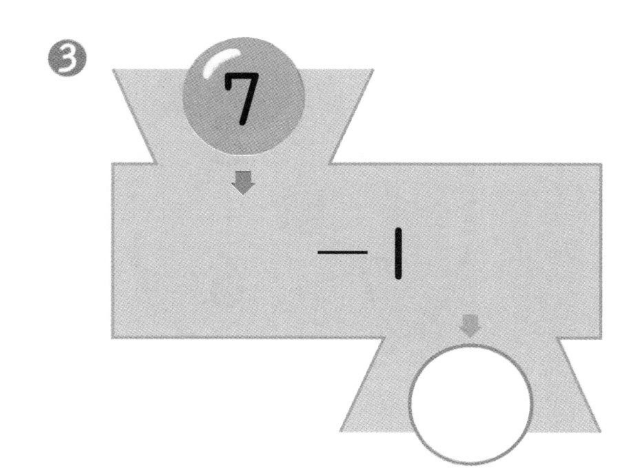

❹

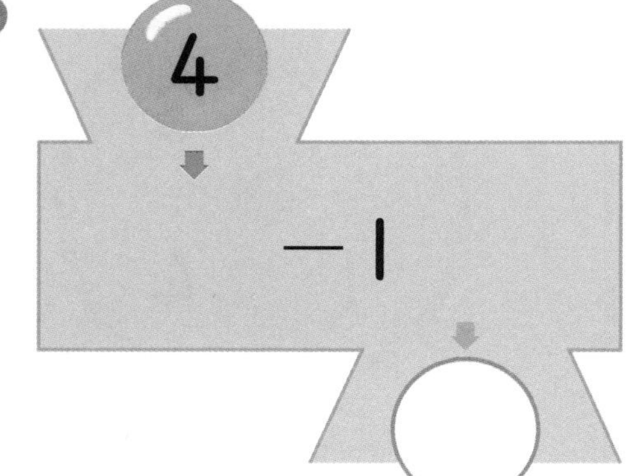

맞은 개수	개 (10개)

덧셈과 뺄셈에 맞게 선을 그으세요.

❺

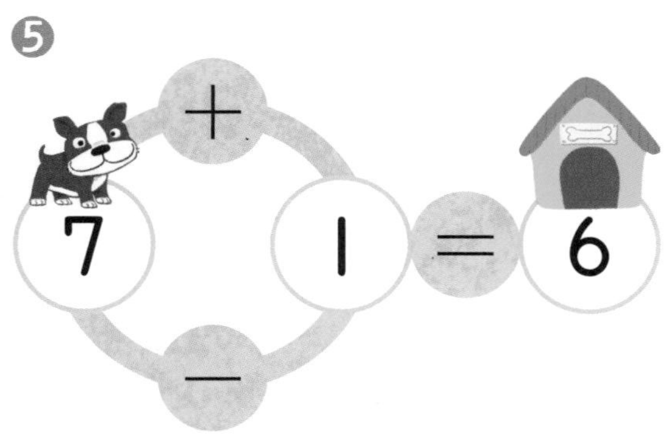

❻

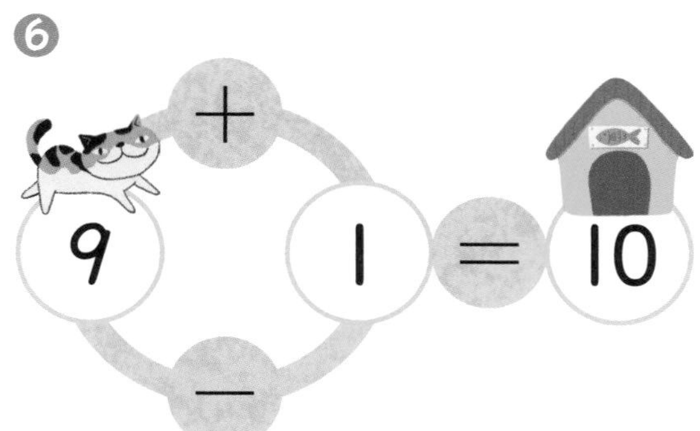

빈칸에 알맞은 수를 쓰세요.

❼ $6 + \square = 7$

❽ $\square - 1 = 8$

❾

$$\begin{array}{r} 10 \\ -\ \square \\ \hline 9 \end{array}$$

❿

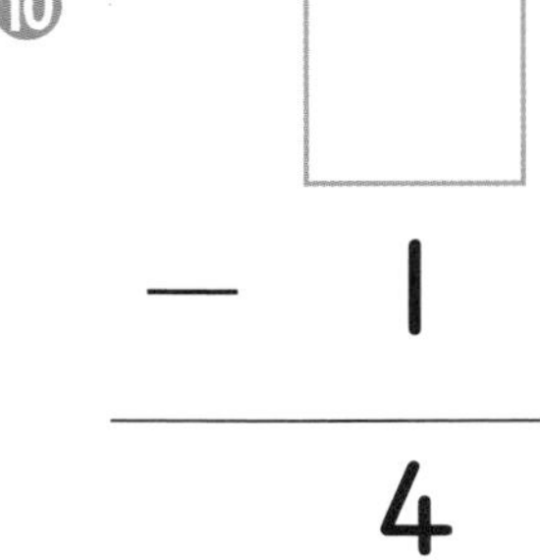

$$\begin{array}{r} \square \\ -\ 1 \\ \hline 4 \end{array}$$

실력 평가 ➡ 67쪽

MEMO

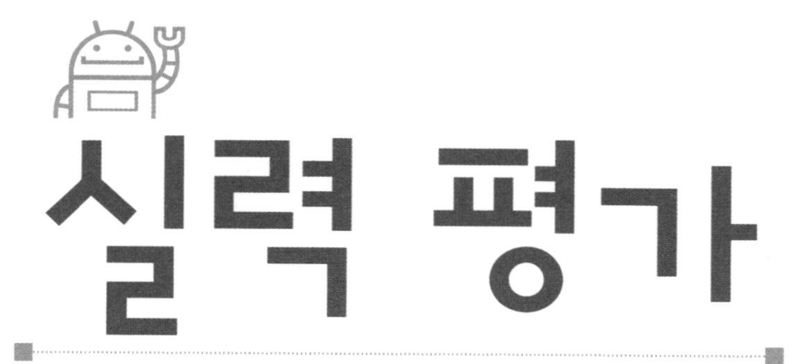

6세 2권

시간	3분	문제 수	20개
배점	1문제 5점 / 총 100점		

날짜: ______ 월 ______ 일

이름: ____________

점수: ________ 점

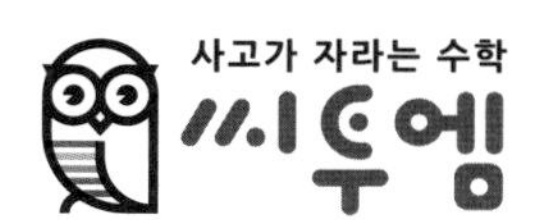

실력 평가

❶ $2+1=$

❷ $7+1=$

❸ $5+1=$

❹ $3+1=$

❺ $8+1=$

❻ $0+1=$

❼ $4+1=$

❽ $1+1=$

❾ $9+1=$

❿ $6+1=$

⓫ $4-1=$

⓬ $2-1=$

⓭ $5-1=$

⓮ $7-1=$

⓯ $8-1=$

⓰ $1-1=$

⓱ $4-1=$

⓲ $9-1=$

⓳ $3-1=$

⓴ $10-1=$

유아 연산의 기준

정답

킨드의 연산

10까지의 수에서 더하기·빼기 1

정답

1주: 10까지의 수에서 더하기 1

8쪽·9쪽

1일 1씩 커지게

하나씩 많아집니다. 빈칸에 알맞은 수를 쓰세요.

2, 3, 4, 5

3, 4, 5, 6

5, 6, 7, 8

1씩 커지도록 빈칸에 알맞은 수를 쓰세요.

3 …… 4 …… 5

6 …… 7 …… 8

삼, 사, 오

여섯, 일곱, 여덟

0 …… 1 …… 2

5 …… 6 …… 7

4 …… 5 …… 6 …… 7 …… 8

6 …… 7 …… 8 …… 9 …… 10

칸토 쌤 | 하나 많은 수와 1 큰 수는 더하기 1을 계산하는데 필요한 기초 개념이에요. 하나씩 많아지는 양과 1씩 커지는 수를 살펴보며 더하기 1 계산의 기초를 다집니다.

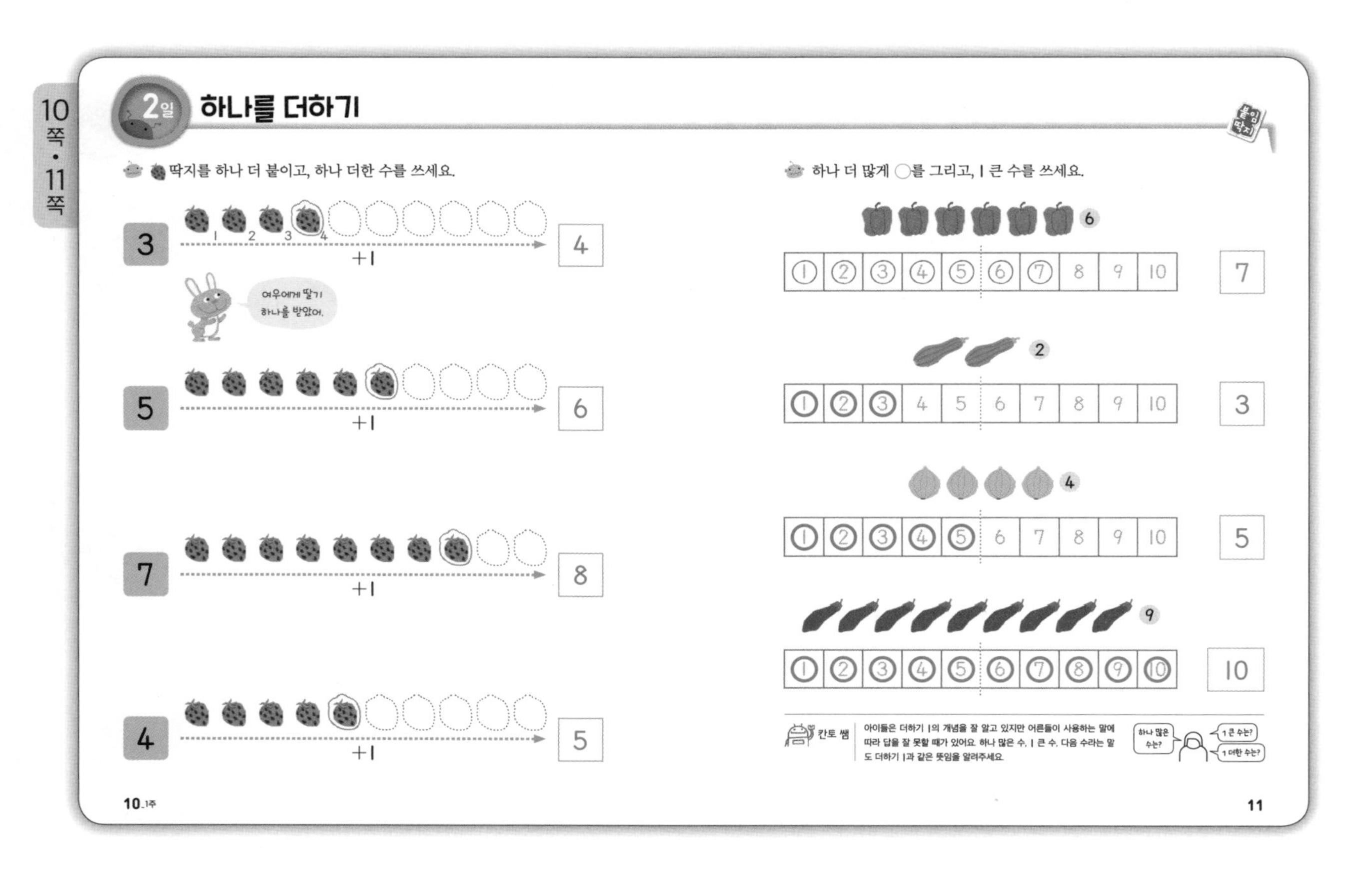
10쪽·11쪽

2일 하나를 더하기

딱지를 하나 더 붙이고, 하나 더한 수를 쓰세요.

3 → +1 → 4

여우에게 딸기 하나를 받았어.

5 → +1 → 6

7 → +1 → 8

4 → +1 → 5

하나 더 많게 ○를 그리고, 1 큰 수를 쓰세요.

6 → 7

2 → 3

4 → 5

9 → 10

칸토 쌤 | 아이들은 더하기 1의 개념을 잘 알고 있지만 어른들이 사용하는 말에 따라 답을 잘 못할 때가 있어요. 하나 많은 수, 1 큰 수, 다음 수라는 말도 더하기 1과 같은 뜻임을 알려주세요.

하나 많은 수는?

1 큰 수는?

1 더한 수는?

12쪽 · 13쪽

3일 더하기 1(1)

관계있는 수를 찾아 선으로 이으세요.

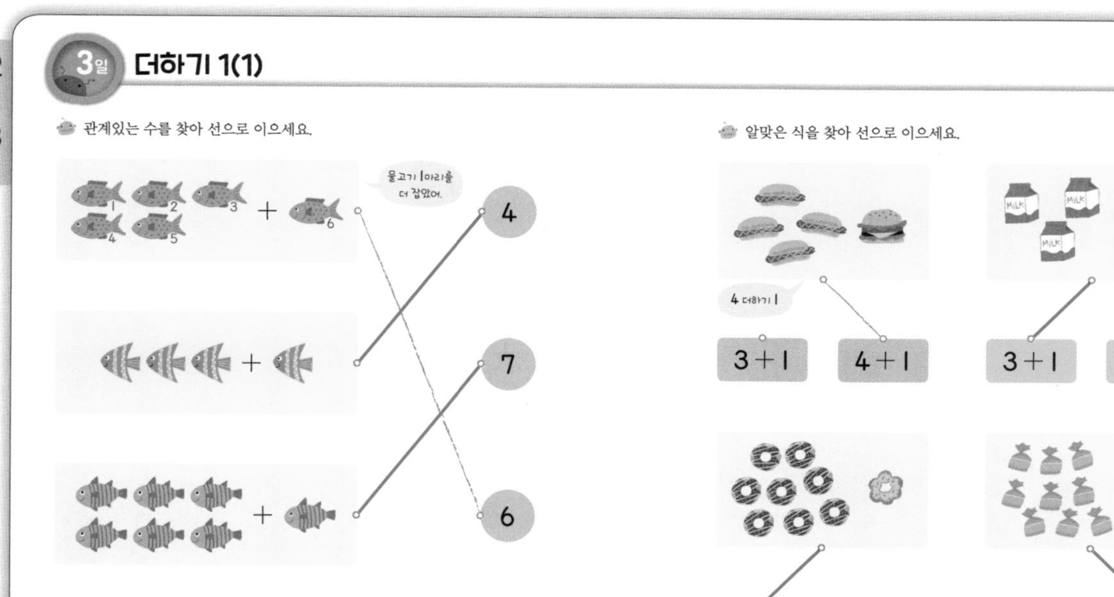

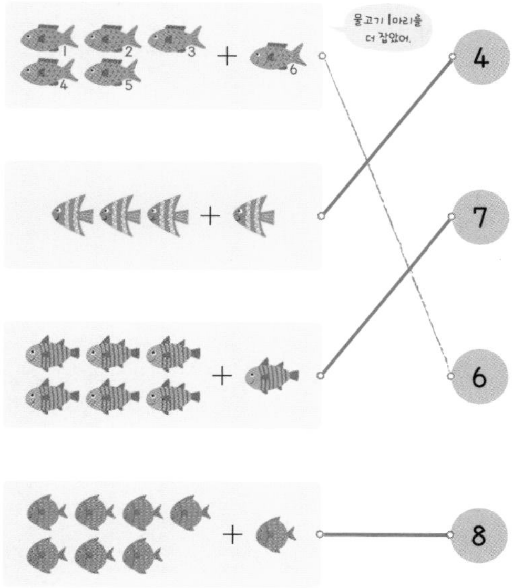

알맞은 식을 찾아 선으로 이으세요.

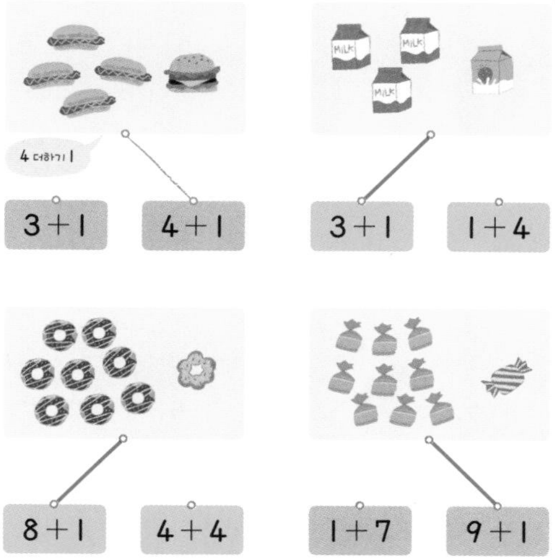

3+1 4+1 3+1 1+4

8+1 4+4 1+7 9+1

칸토 쌤 | 6세 1권에서 덧셈의 기초적인 부분을 잠깐 공부하였어요. 여기서는 더하기 1이 있는 덧셈식을 본격적으로 학습하기 전에 더하기 1과 관련된 수와 식을 간단히 추론하여 알아봅니다.

12_1주 13

14쪽 · 15쪽

4일 더하기 1(2)

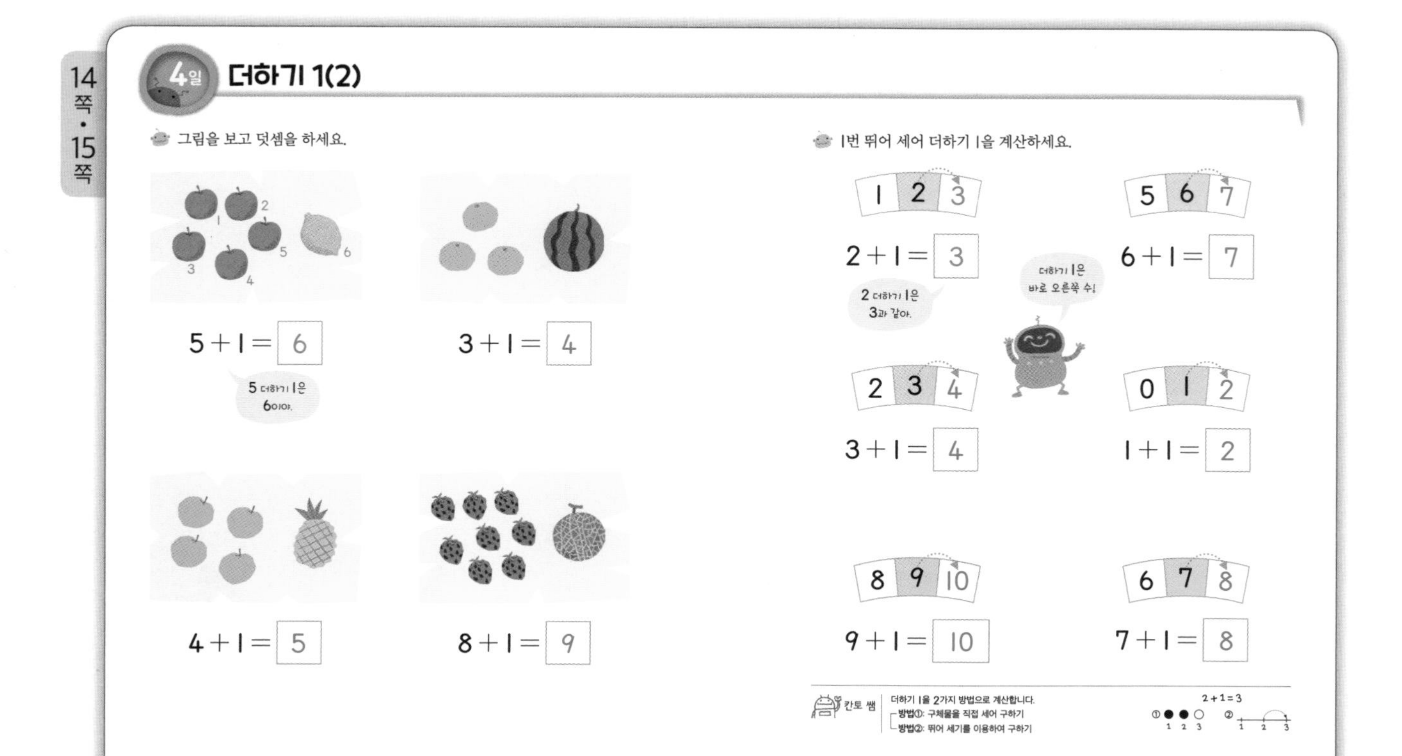

그림을 보고 덧셈을 하세요.

5+1= 6

3+1= 4

4+1= 5

8+1= 9

1번 뛰어 세어 더하기 1을 계산하세요.

2+1= 3

6+1= 7

3+1= 4

1+1= 2

9+1= 10

7+1= 8

칸토 쌤 | 더하기 1을 2가지 방법으로 계산합니다.
방법①: 구체물을 직접 세어 구하기
방법②: 뛰어 세기를 이용하여 구하기

2+1=3

14_1주 15

정답

16쪽·17쪽

5일 더하기 1 연습

덧셈을 하여 알맞은 풍선에 ╳표 하세요.

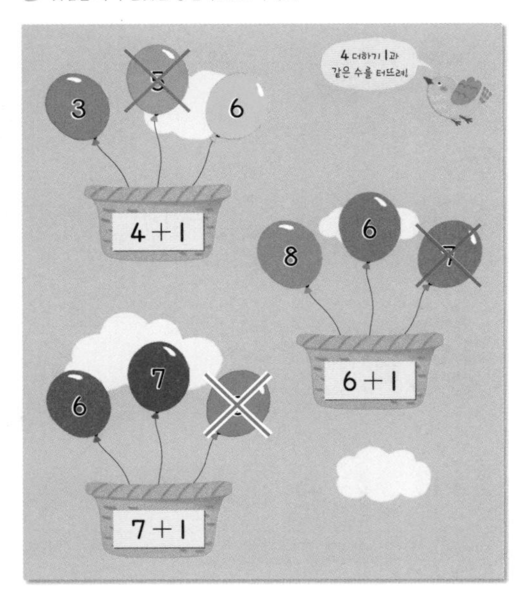

덧셈을 하세요.

$3+1=$ 4　　$0+1=$ 1

$8+1=$ 9　　$2+1=$ 3

$1+1=$ 2　　$7+1=$ 8

$$\begin{array}{r} 4 \\ +\ 1 \\ \hline 5 \end{array} \qquad \begin{array}{r} 6 \\ +\ 1 \\ \hline 7 \end{array} \qquad \begin{array}{r} 9 \\ +\ 1 \\ \hline 10 \end{array}$$

칸토 쌤 | 가로셈이 아닌 세로셈이 처음으로 나옵니다. 아이들이 생소하게 느낄 수 있으니 가로식을 왼쪽부터 쓰는 것처럼 세로식은 위에서부터 아래로 쓰는 규칙이 있음을 간단히 알려주세요.

$$\begin{array}{r} 3 \ ① \\ ②+\ 1 \ ③ \\ \hline ④ \end{array}$$
$3+1=\square$ ⑤

18쪽

확인학습

하나 더 많게 ○를 그리고, 1 큰 수를 쓰세요.

3

①②③④ 5 6 7 8 9 10 → 4

7

①②③④⑤⑥⑦⑧ 9 10 → 8

덧셈을 하세요.

3 4 5　　7 8 9

$4+1=$ 5　　$8+1=$ 9

$6+1=$ 7　　$9+1=$ 10

➡ 7쪽으로 돌아가 1주 차 학습 기준을 달성했는지 체크해 보세요.

1주

2주: 10까지의 수에서 빼기 1

20쪽 · 21쪽

1일 1씩 작아지게

하나씩 적어집니다. 빈칸에 알맞은 수를 쓰세요.

3, 2, 1, 0

8, 7, 6, 5

5, 4, 3, 2

1씩 작아지도록 빈칸에 알맞은 수를 쓰세요.

4 … 3 … 2

사, 삼, 이

6 … 5 … 4

여섯, 다섯, 넷

7 … 6 … 5

8 … 7 … 6

4 … 3 … 2 … 1 … 0

10 … 9 … 8 … 7 … 6

칸토 쌤 | 하나 적은 수와 1 작은 수는 빼기 1을 계산하는데 필요한 기초 개념이에요. 하나씩 적어지는 양과 1씩 작아지는 수를 살펴보며 빼기 1 계산의 기초를 다집니다.

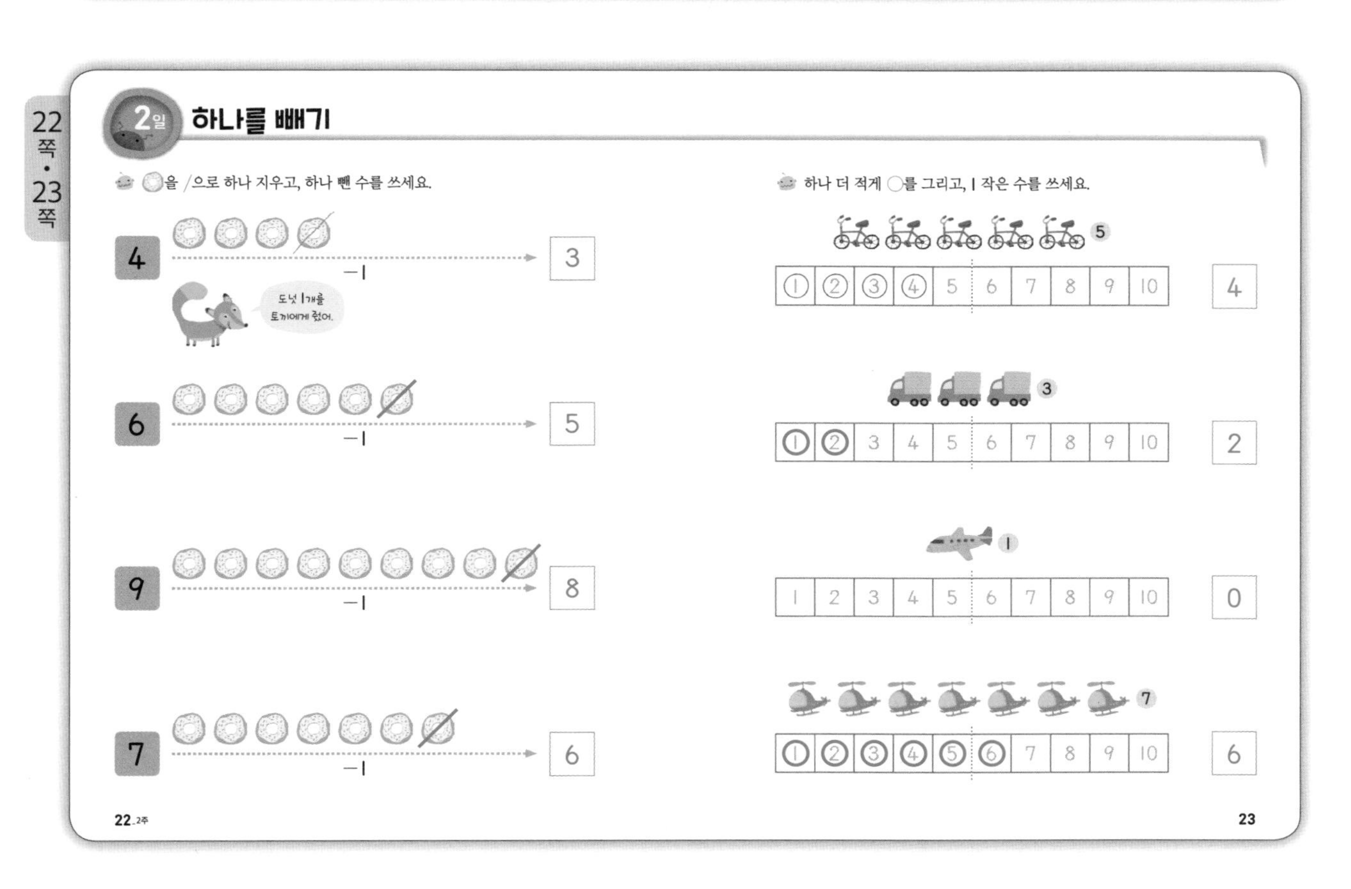

24쪽·25쪽

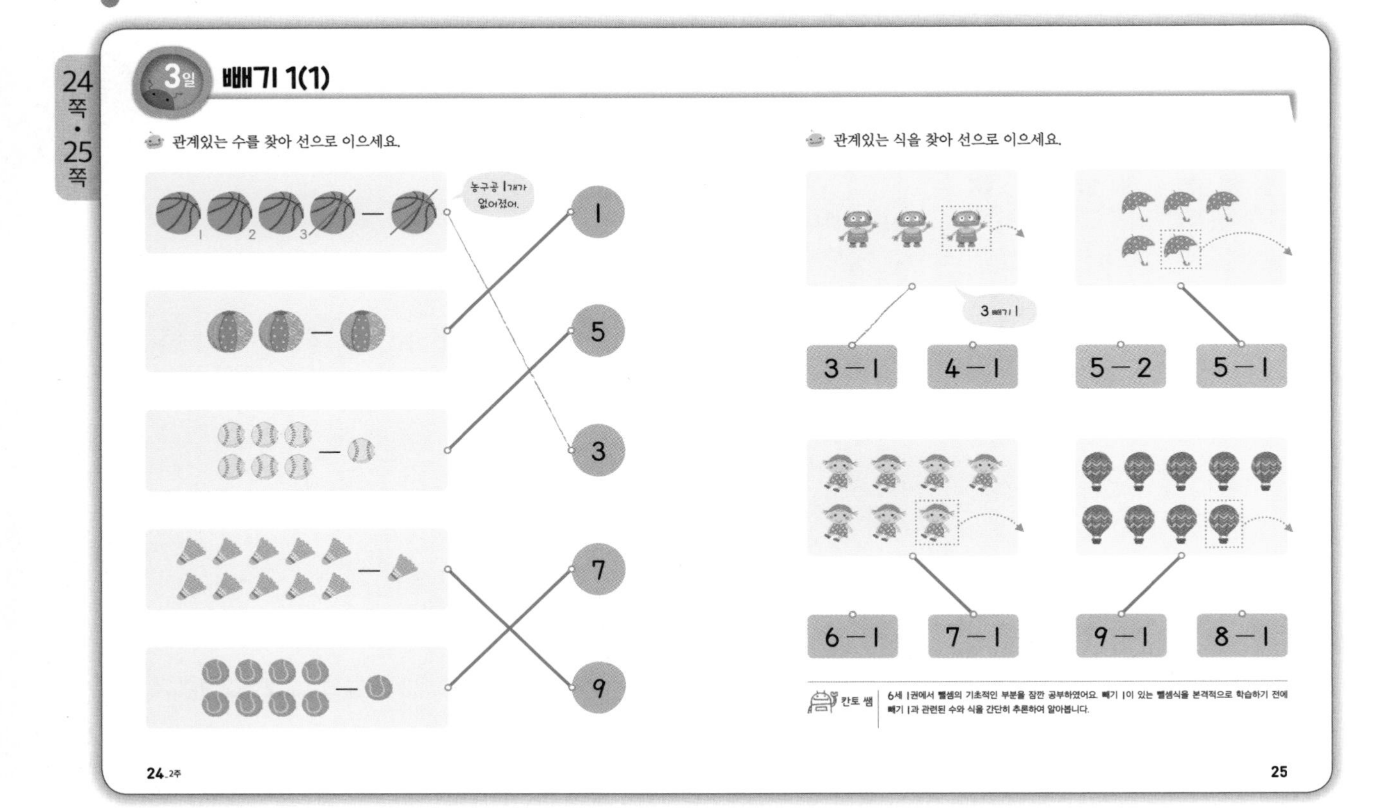

26쪽·27쪽

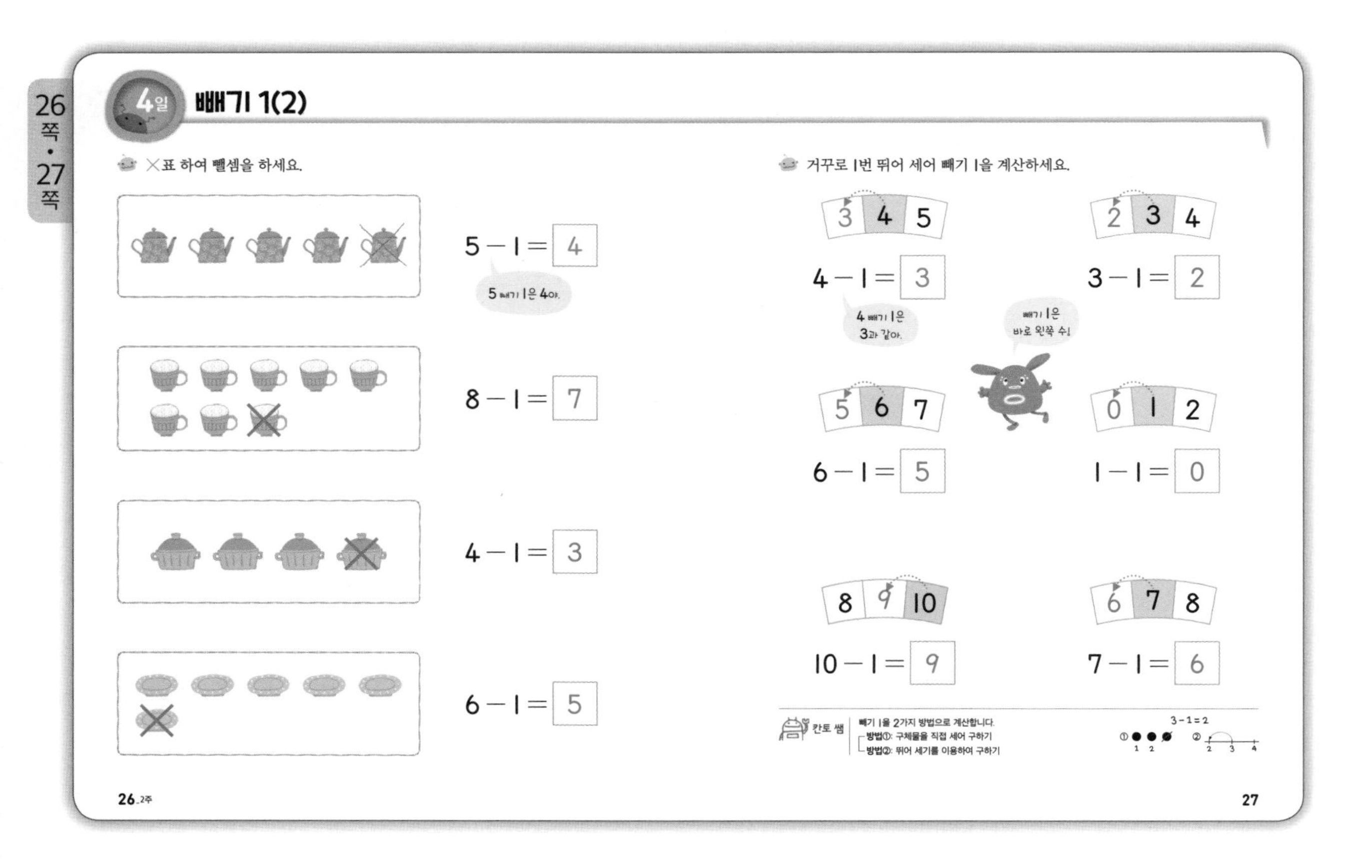

4일
빼기 1(2)
×표 하여 뺄셈을 하세요.
5－1＝4
5 빼기 1은 4야.
8－1＝7
4－1＝3
6－1＝5
거꾸로 1번 뛰어 세어 빼기 1을 계산하세요.
3 4 5
4－1＝3
2 3 4
3－1＝2
4 빼기 1은 3과 같아.
빼기 1은 바로 왼쪽 수!
5 6 7
6－1＝5
0 1 2
1－1＝0
8 9 10
10－1＝9
6 7 8
7－1＝6
칸토 쌤
빼기 1을 2가지 방법으로 계산합니다.
방법①: 구체물을 직접 세어 구하기
방법②: 뛰어 세기를 이용하여 구하기
3－1＝2
26 2주
27

28쪽·29쪽

뺄셈 상자에 수를 넣었어요. 빈 곳에 알맞은 수 딱지를 붙이세요.

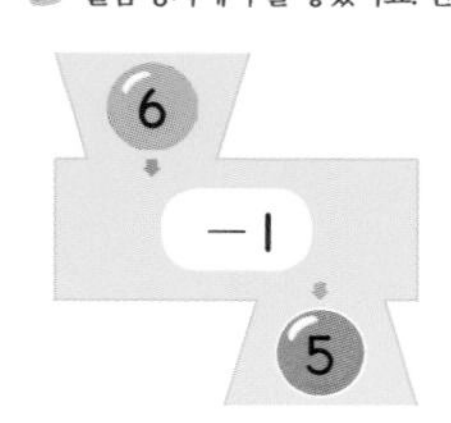

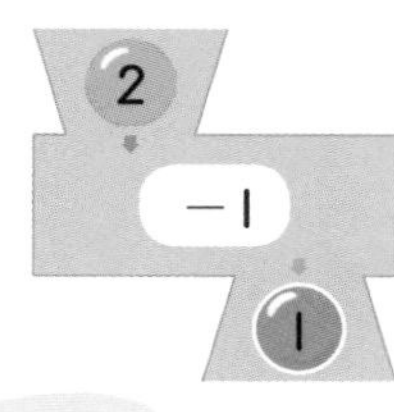

상자에 6을 넣으면 5가 나와.

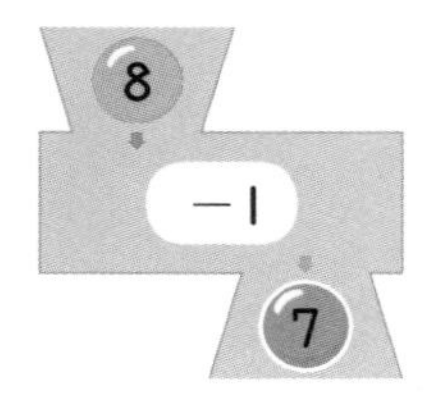

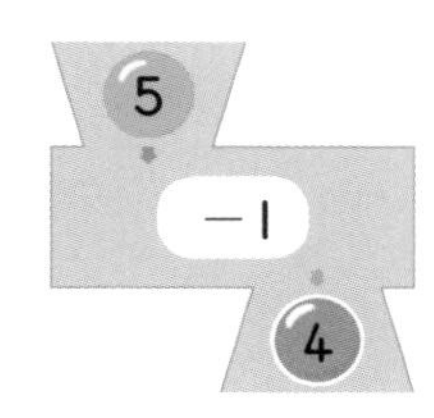

뺄셈을 하세요.

$4-1=\boxed{3}$　　$7-1=\boxed{6}$

$6-1=\boxed{5}$　　$3-1=\boxed{2}$

$9-1=\boxed{8}$　　$1-1=\boxed{0}$

$\begin{array}{r} 5 \\ -\ 1 \\ \hline \boxed{4} \end{array}$　　$\begin{array}{r} 8 \\ -\ 1 \\ \hline \boxed{7} \end{array}$　　$\begin{array}{r} 10 \\ -\ 1 \\ \hline \boxed{9} \end{array}$

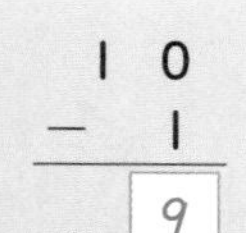

칸토 쌤 | 덧셈식과 같이 뺄셈식도 세로 방향으로 쓸 수 있고, 세로식은 위에서부터 아래로 쓰는 규칙이 있음을 간단히 알려주세요.

30쪽

확인학습

하나 더 적게 ○를 그리고, 1 작은 수를 쓰세요.

4: ① ② ③ 4 5 6 7 8 9 10 → 3

8: ① ② ③ ④ ⑤ ⑥ ⑦ 8 9 10 → 7

뺄셈 상자에 수를 넣었어요. 빈 곳에 알맞은 수 딱지를 붙이세요.

3 → －1 → 2

10 → －1 → 9

➡ 19쪽으로 돌아가 2주 차 학습 기준을 달성했는지 체크해 보세요.

3주: 더하기와 빼기

32쪽 · 33쪽

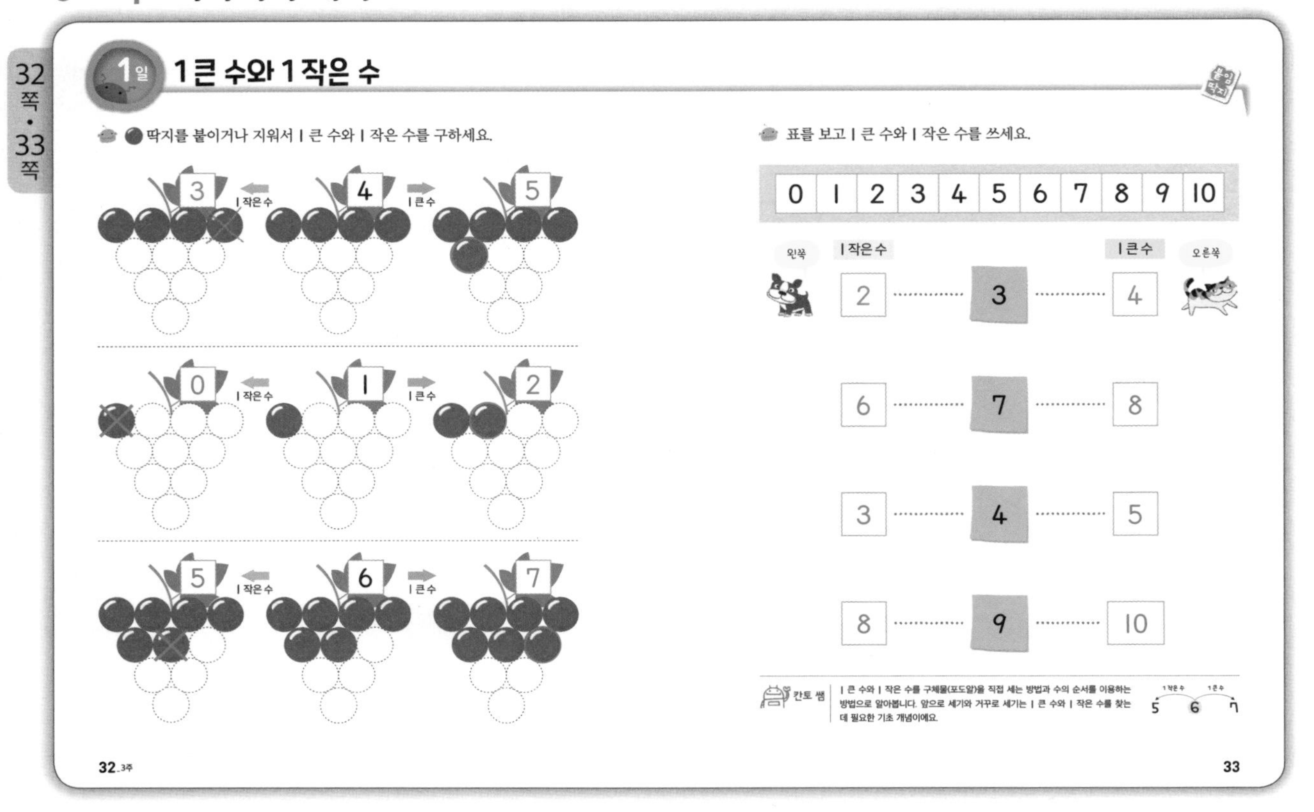

34쪽 · 35쪽

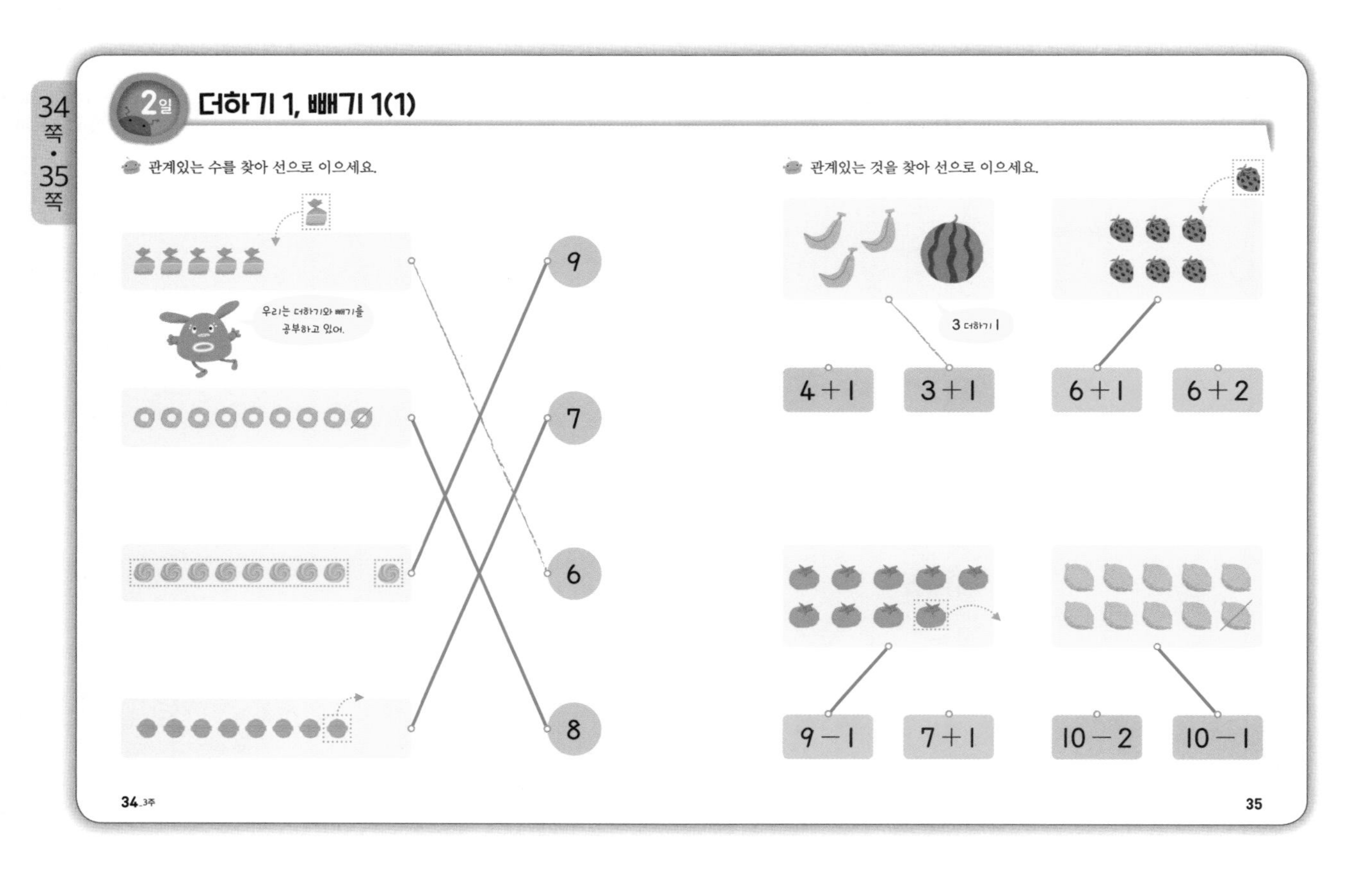

36쪽 · 37쪽

3일 더하기 1, 빼기 1(2)

○를 색칠하거나 ●를 /으로 지워, 더하기 1 빼기 1을 계산하세요.

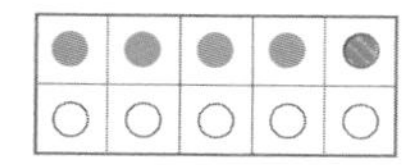

4 + 1 = 5

1	2	3	4	5
6	7	8	9	10

4 − 1 = 3

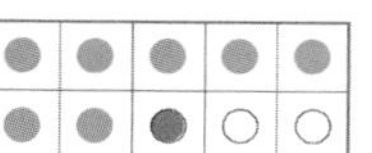

7 + 1 = 8

7 − 1 = 6

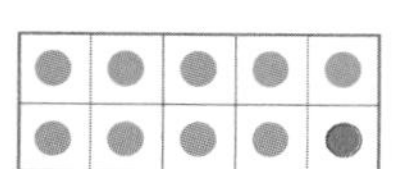

9 + 1 = 10

9 − 1 = 8

1 큰 수와 1 작은 수를 쓰고, 더하기 1 빼기 1을 계산하세요.

5 …… 6 …… 7 (1 작은 수, 1 큰 수)

6 − 1 = 5
6 + 1 = 7

2 …… 3 …… 4 (1 작은 수, 1 큰 수)

3 − 1 = 2
3 + 1 = 4

4 …… 5 …… 6 (1 작은 수, 1 큰 수)

5 − 1 = 4
5 + 1 = 6

7 …… 8 …… 9 (1 작은 수, 1 큰 수)

8 − 1 = 7
8 + 1 = 9

칸토 쌤 | 수의 순서를 잘 이용하지 못하는 아이들에게는 점 수판 이미지를 머리에 떠올려 계산하는 것이 더 쉬울 수 있어요. 점 수판은 한 자리 수의 덧셈 과정을 매우 쉽게 이해시켜주는 모형이에요.

5 + 1 = □

38쪽 · 39쪽

4일 더하기 1, 빼기 1 연습

덧셈, 뺄셈을 하여 알맞은 수가 적힌 동물을 얼음 위에 붙이세요.

덧셈과 뺄셈을 하세요.

2 − 1 = 1

5 + 1 = 6

8 + 1 = 9

10 − 1 = 9

8 − 1 = 7

7 + 1 = 8

$$\begin{array}{r} 4 \\ -\ 1 \\ \hline 3 \end{array} \qquad \begin{array}{r} 9 \\ +\ 1 \\ \hline 10 \end{array} \qquad \begin{array}{r} 5 \\ -\ 1 \\ \hline 4 \end{array}$$

칸토 쌤 | 아이와 수 카드를 1장씩 뒤집어 1 큰 수 말하기 게임을 해 보세요. 아이가 어느 정도 능숙해지면 1 작은 수 말하기 게임도 해 보세요.

40쪽 · 41쪽

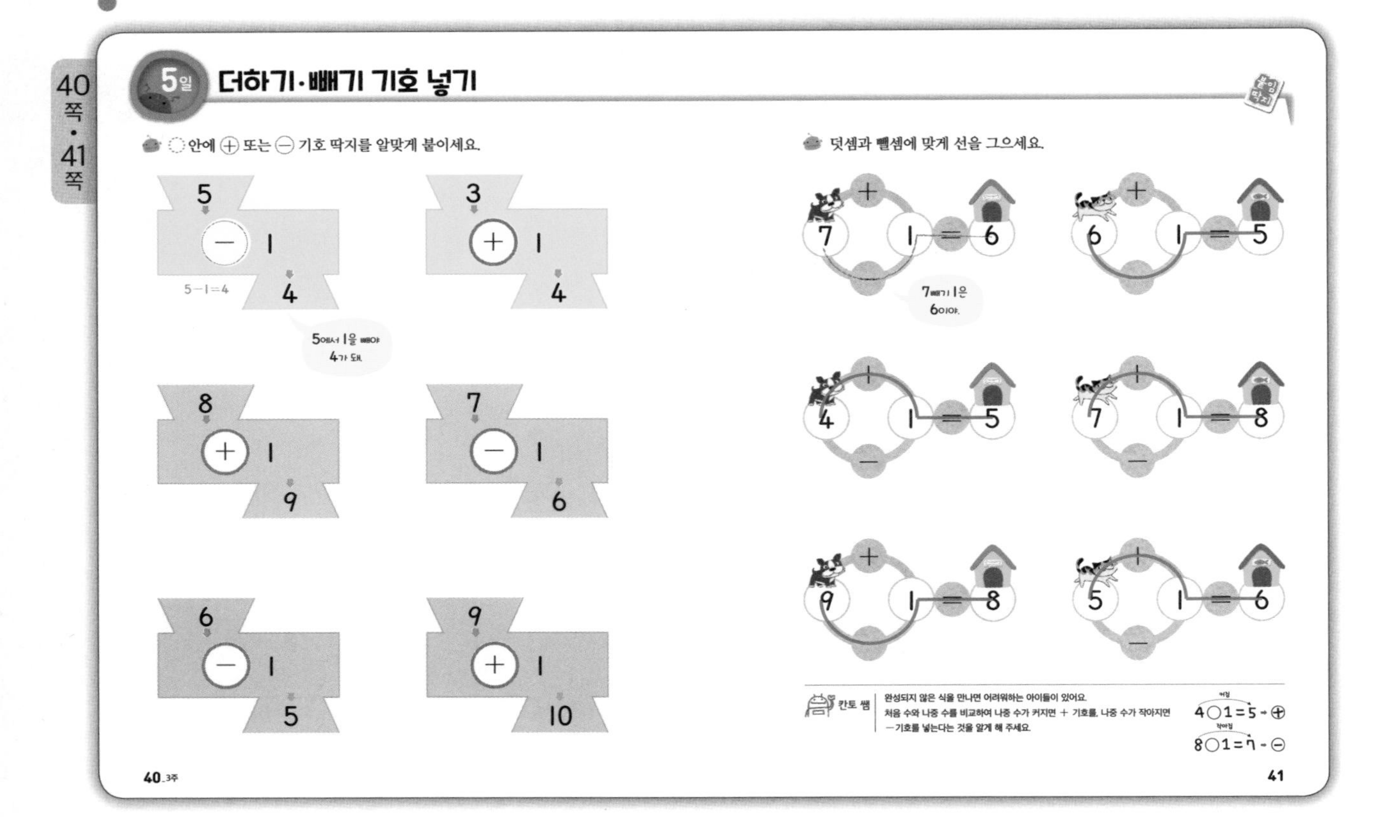
5일 더하기·빼기 기호 넣기
◌ 안에 ⊕ 또는 ⊖ 기호 딱지를 알맞게 붙이세요.
5 ⊖ 1 4
5−1=4
5에서 1을 빼야 4가 돼.
3 ⊕ 1 4
8 ⊕ 1 9
7 ⊖ 1 6
6 ⊖ 1 5
9 ⊕ 1 10
덧셈과 뺄셈에 맞게 선을 그으세요.
7 1 = 6
7 빼기 1은 6이야.
6 1 = 5
4 1 = 5
7 1 = 8
9 1 = 8
5 1 = 6
칸토 쌤
완성되지 않은 식을 만나면 어려워하는 아이들이 있어요.
처음 수와 나중 수를 비교하여 나중 수가 커지면 + 기호를, 나중 수가 작아지면 − 기호를 넣는다는 것을 알게 해 주세요.
4○1=5 → ⊕
8○1=7 → ⊖
40 3주
41

42쪽

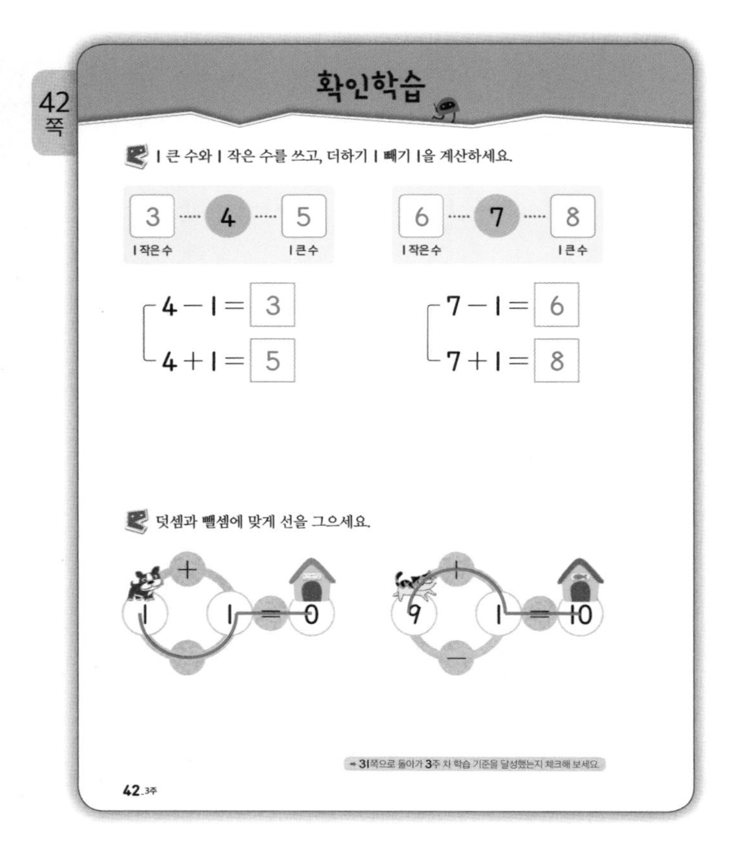
확인학습
1 큰 수와 1 작은 수를 쓰고, 더하기 1 빼기 1을 계산하세요.
3 4 5
1 작은 수 1 큰 수
6 7 8
1 작은 수 1 큰 수
4−1=3
4+1=5
7−1=6
7+1=8
덧셈과 뺄셈에 맞게 선을 그으세요.
1 1 = 0
9 1 = 10
31쪽으로 돌아가 3주 차 학습 기준을 달성했는지 체크해 보세요.
42 3주

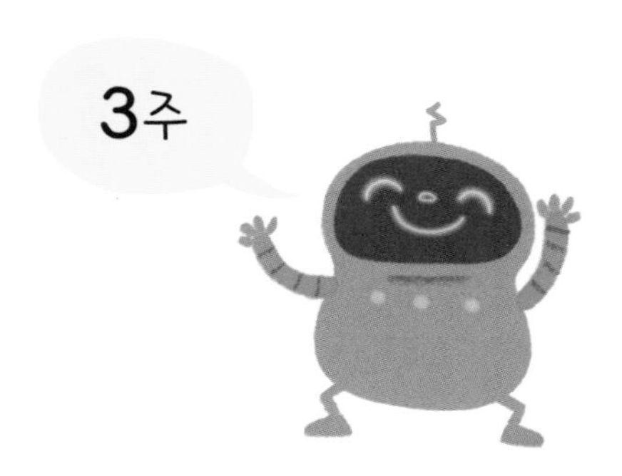
3주

4주: □가 있는 더하기와 빼기

44쪽 · 45쪽

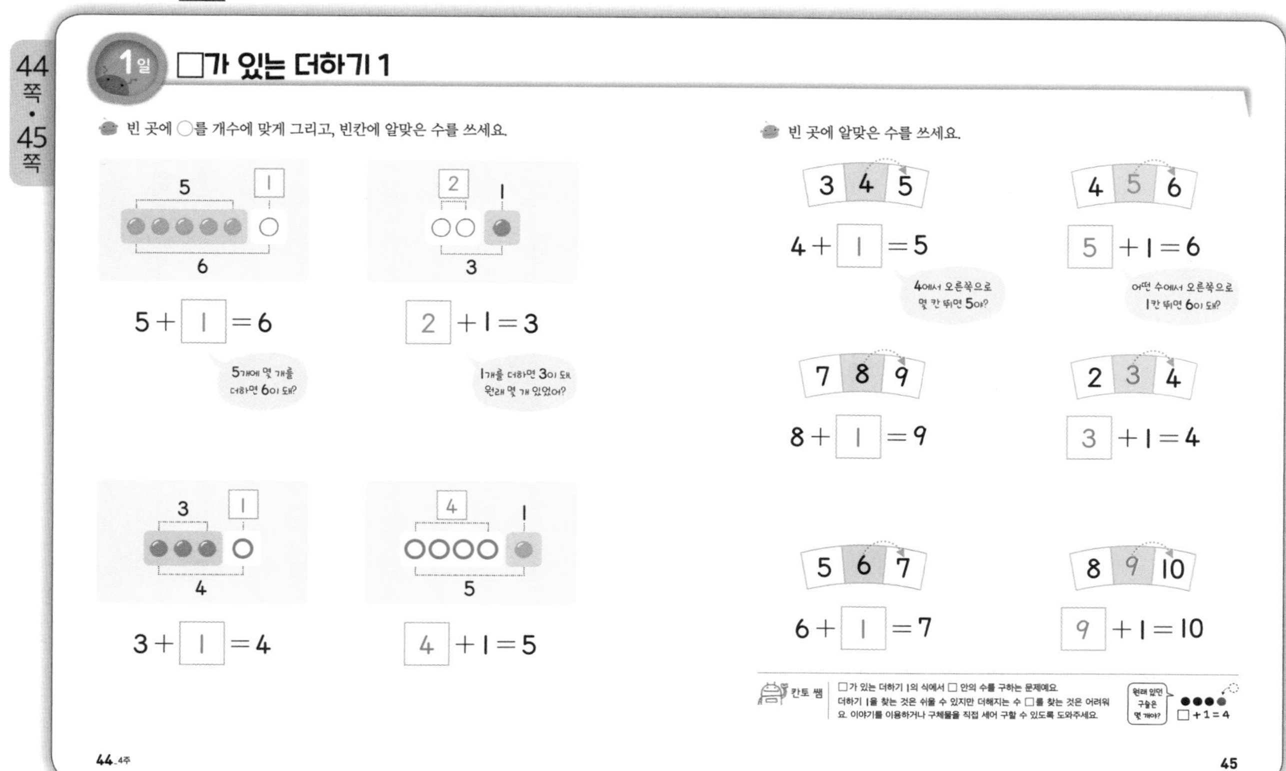

1일 □가 있는 더하기 1
빈 곳에 ○를 개수에 맞게 그리고, 빈칸에 알맞은 수를 쓰세요.
5+1=6
2+1=3
3+1=4
4+1=5
빈 곳에 알맞은 수를 쓰세요.
4+1=5
5+1=6
8+1=9
3+1=4
6+1=7
9+1=10

46쪽 · 47쪽

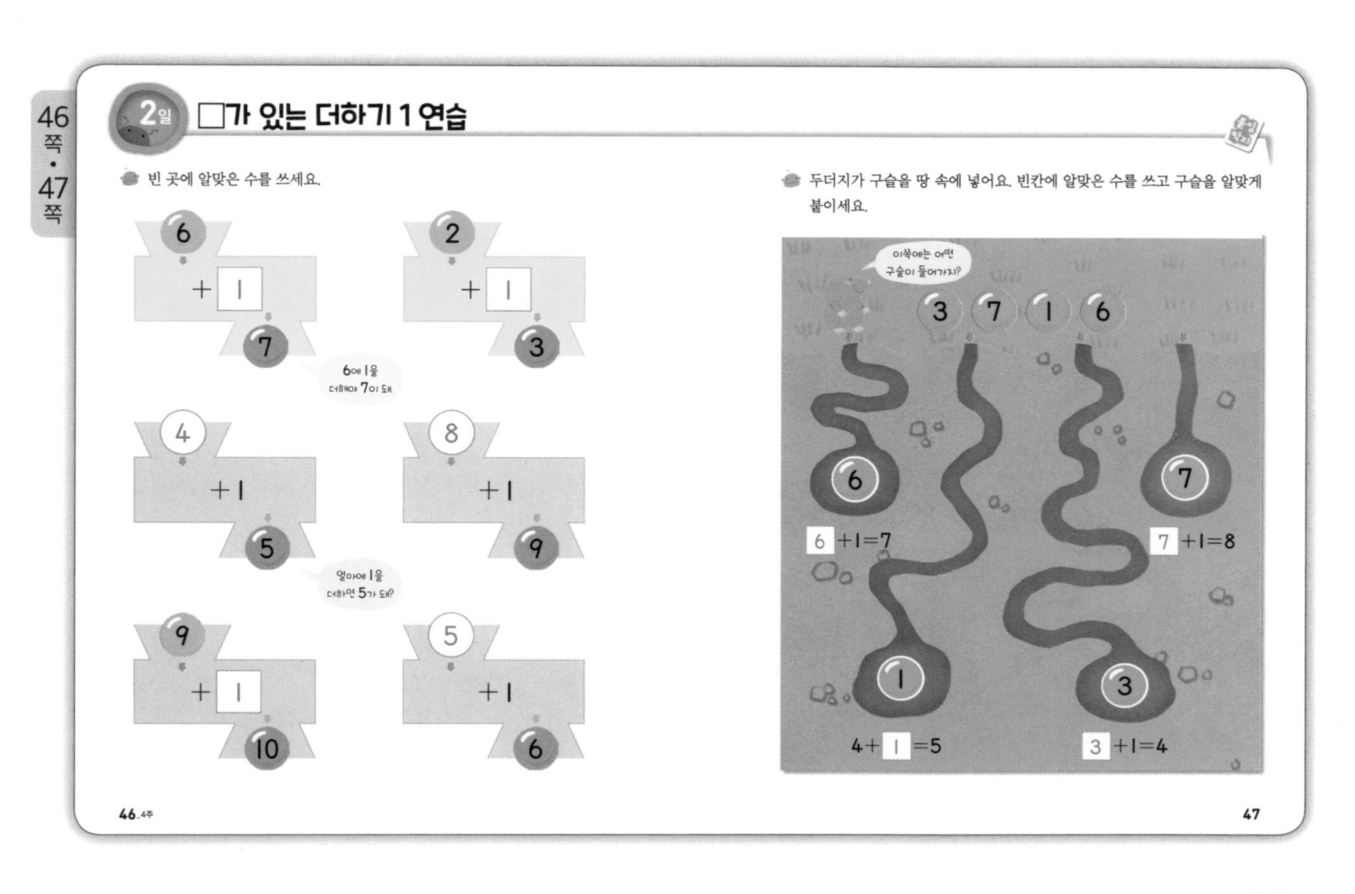

정답

48쪽 · 49쪽

3일 □가 있는 빼기 1

/으로 ●을 지우고, 빈칸에 알맞은 수를 쓰세요.

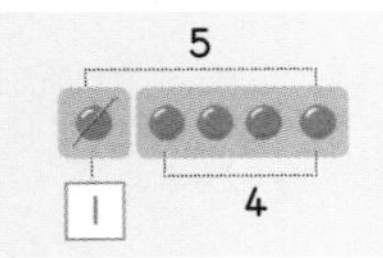

$5-\boxed{1}=4$

5개에서 몇 개를 빼면 4가 돼?

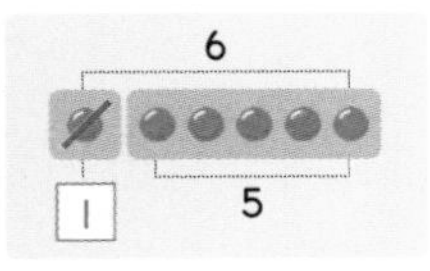

$\boxed{3}-1=2$

1개를 빼면 2가 돼. 원래 몇 개 있었어?

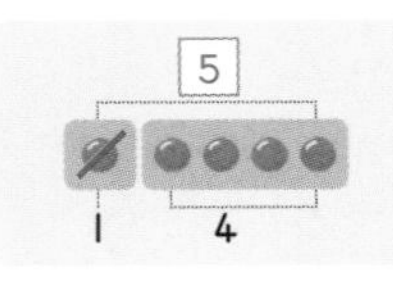

$6-\boxed{1}=5$

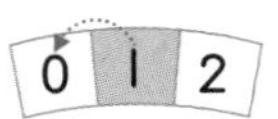

$\boxed{5}-1=4$

빈 곳에 알맞은 수를 쓰세요.

2 3 4

$3-\boxed{1}=2$

3에서 왼쪽으로 몇 칸 뛰면 2야?

6 7 8

$\boxed{7}-1=6$

어떤 수에서 왼쪽으로 1칸 뛰면 6이 돼?

5 6 7

$6-\boxed{1}=5$

8 9 10

$\boxed{9}-1=8$

0 1 2

$1-\boxed{1}=0$

7 8 9

$\boxed{8}-1=7$

칸토 쌤 | 더하기 1과 같이 빼기 1을 찾는 것은 쉬울 수 있지만 빼지는 수 □를 찾는 것은 어려워요. 구체물과 이야기를 활용해 보세요. 시행착오가 필요한 문제이므로 시간을 두고 천천히 연습해 봅니다.

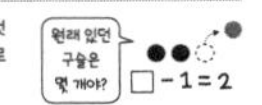

원래 있던 구슬은 몇 개야?
□−1=2

50쪽 · 51쪽

4일 □가 있는 빼기 1 연습

빈 곳에 알맞은 수를 쓰세요.

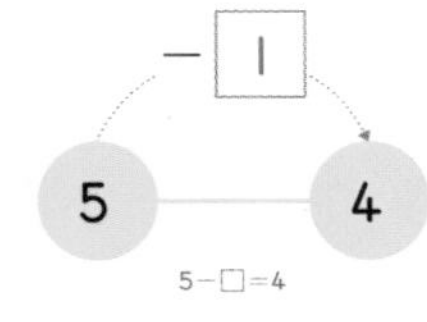

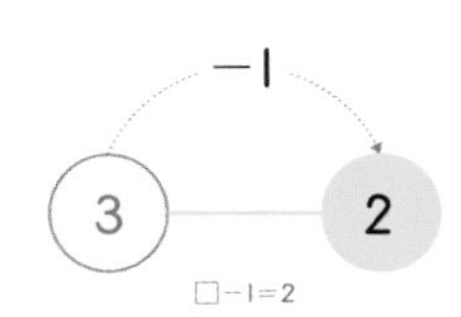

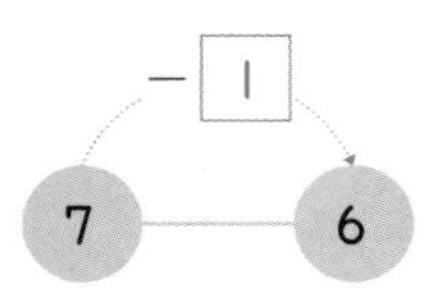

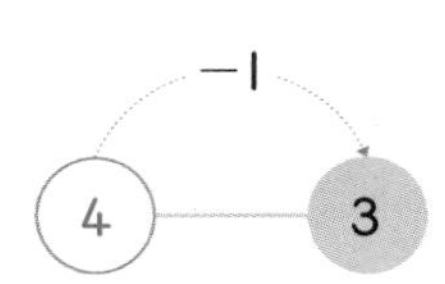

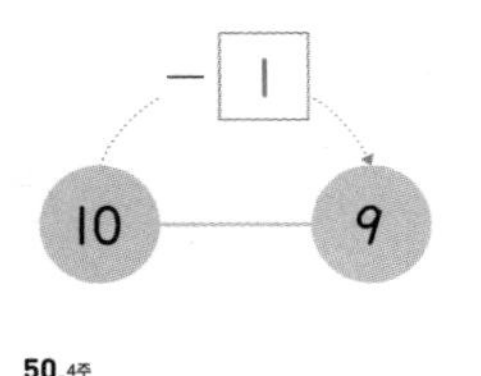

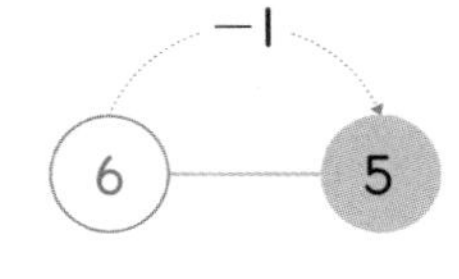

화살을 쏘아 □ 안의 수를 맞히려고 해요. 알맞은 수에 색칠하세요.

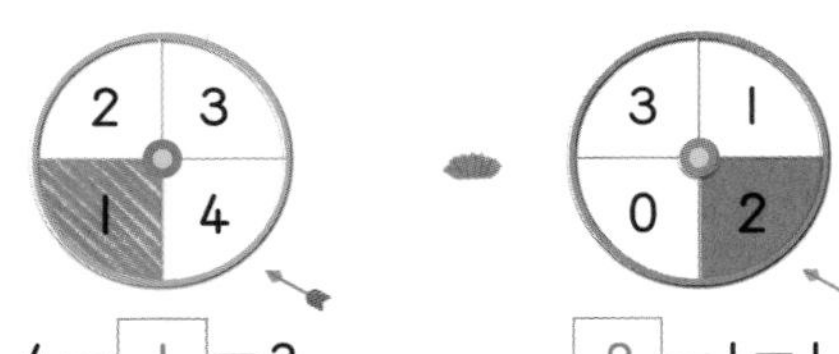

$4-\boxed{1}=3$ $\boxed{2}-1=1$

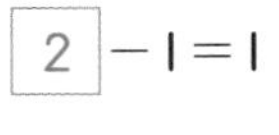

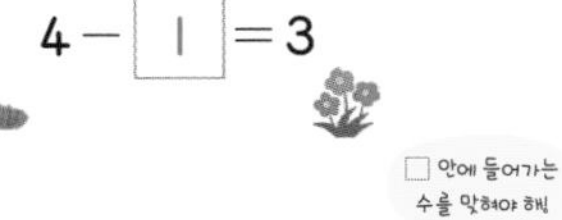

□ 안에 들어가는 수를 맞혀야 해!

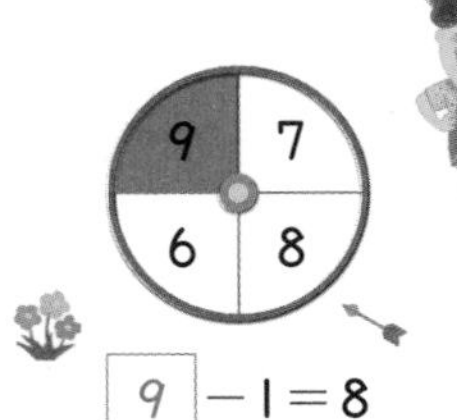

$\boxed{9}-1=8$

$6-\boxed{1}=5$

52쪽·53쪽

5일 □가 있는 더하기 1, 빼기 1

알맞은 식이 되도록 선을 그으세요.

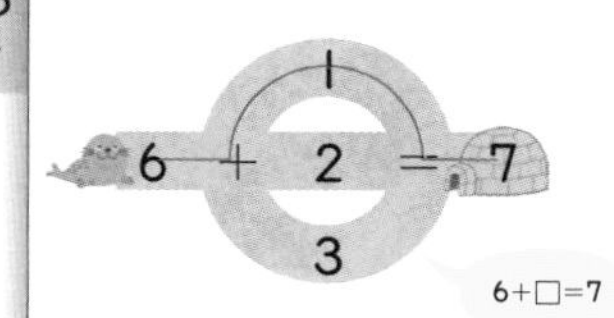

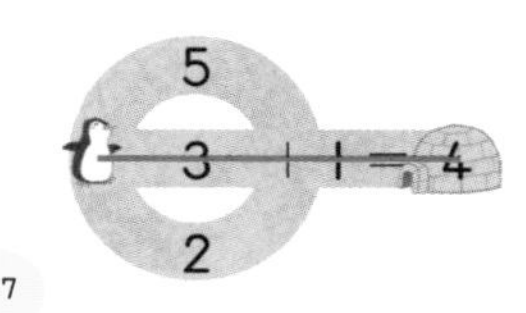

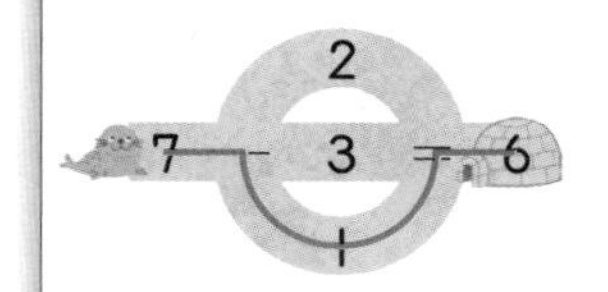

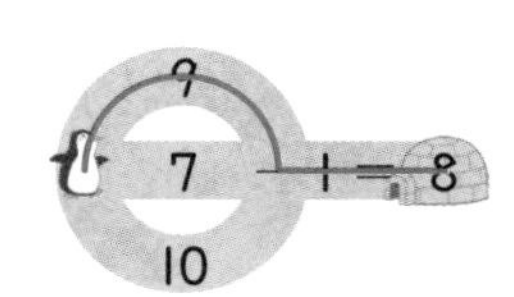

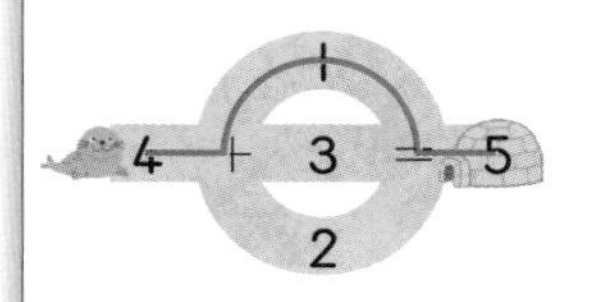

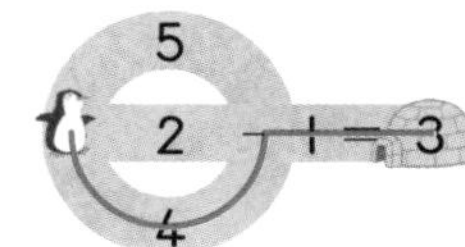

빈칸에 알맞은 수를 쓰세요.

5 + [1] = 6　　2 − [1] = 1

[3] + 1 = 4　　[8] − 1 = 7

[9] + 1 = 10　　6 − [1] = 5

$\begin{array}{r} 7 \\ + \boxed{1} \\ \hline 8 \end{array}$　　$\begin{array}{r} 4 \\ - \boxed{1} \\ \hline 3 \end{array}$　　$\begin{array}{r} \boxed{5} \\ - 1 \\ \hline 4 \end{array}$

54쪽·55쪽

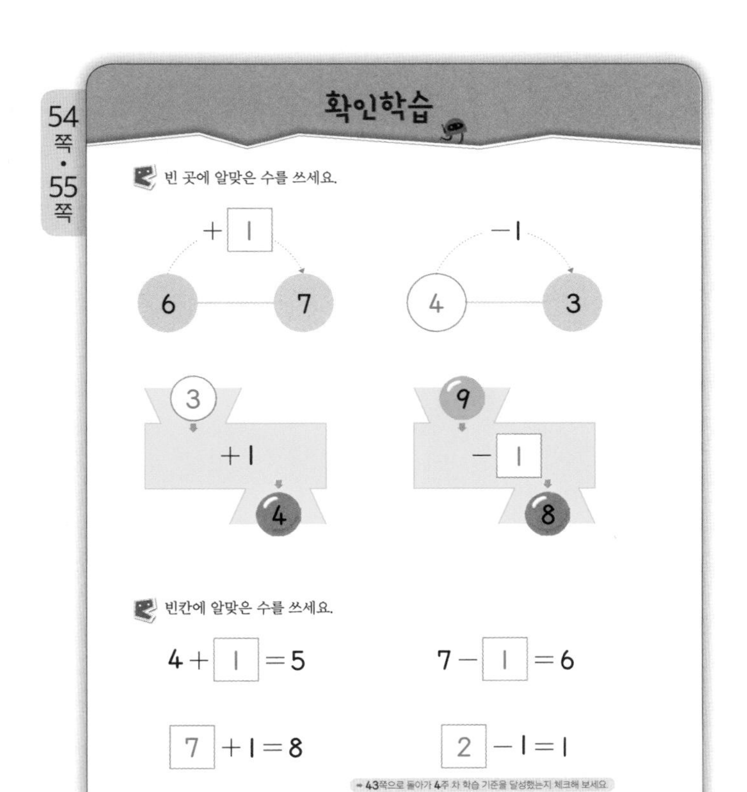

확인학습

빈 곳에 알맞은 수를 쓰세요.

+[1]: 6 → 7　　−1: [4] → 3

[3] → +1 → 4　　9 → −[1] → 8

빈칸에 알맞은 수를 쓰세요.

4 + [1] = 5　　7 − [1] = 6

[7] + 1 = 8　　[2] − 1 = 1

→ 43쪽으로 돌아가 4주 차 학습 기준을 달성했는지 체크해 보세요.

정답

마무리 평가

56쪽 · 57쪽

마무리 평가 1회

맞은 개수 개 (8개)

1씩 커지도록 빈칸에 알맞은 수를 쓰세요.

❶ 2 ···· 3 ···· 4

❷ 6 ···· 7 ···· 8 ···· 9 ···· 10

관계있는 수를 찾아 선으로 이으세요.

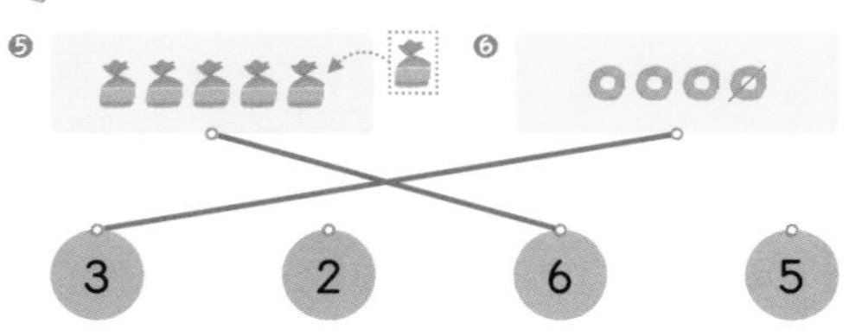

❺ ❻

3 2 6 5

◯을 /으로 하나 지우고, 하나 뺀 수를 쓰세요.

❸ 4 → −1 → 3

❹ 8 → −1 → 7

○를 알맞은 수만큼 그리거나 ●을 /으로 지우고, 빈칸에 알맞은 수를 쓰세요.

❼

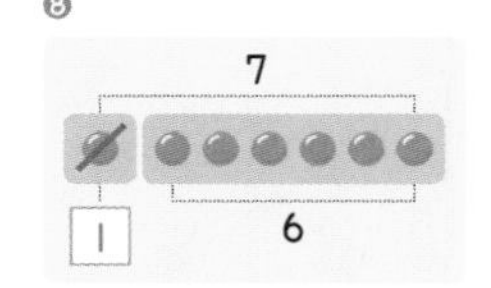

3 + 1 = 4

❽ 7 − 1 = 6

58쪽 · 59쪽

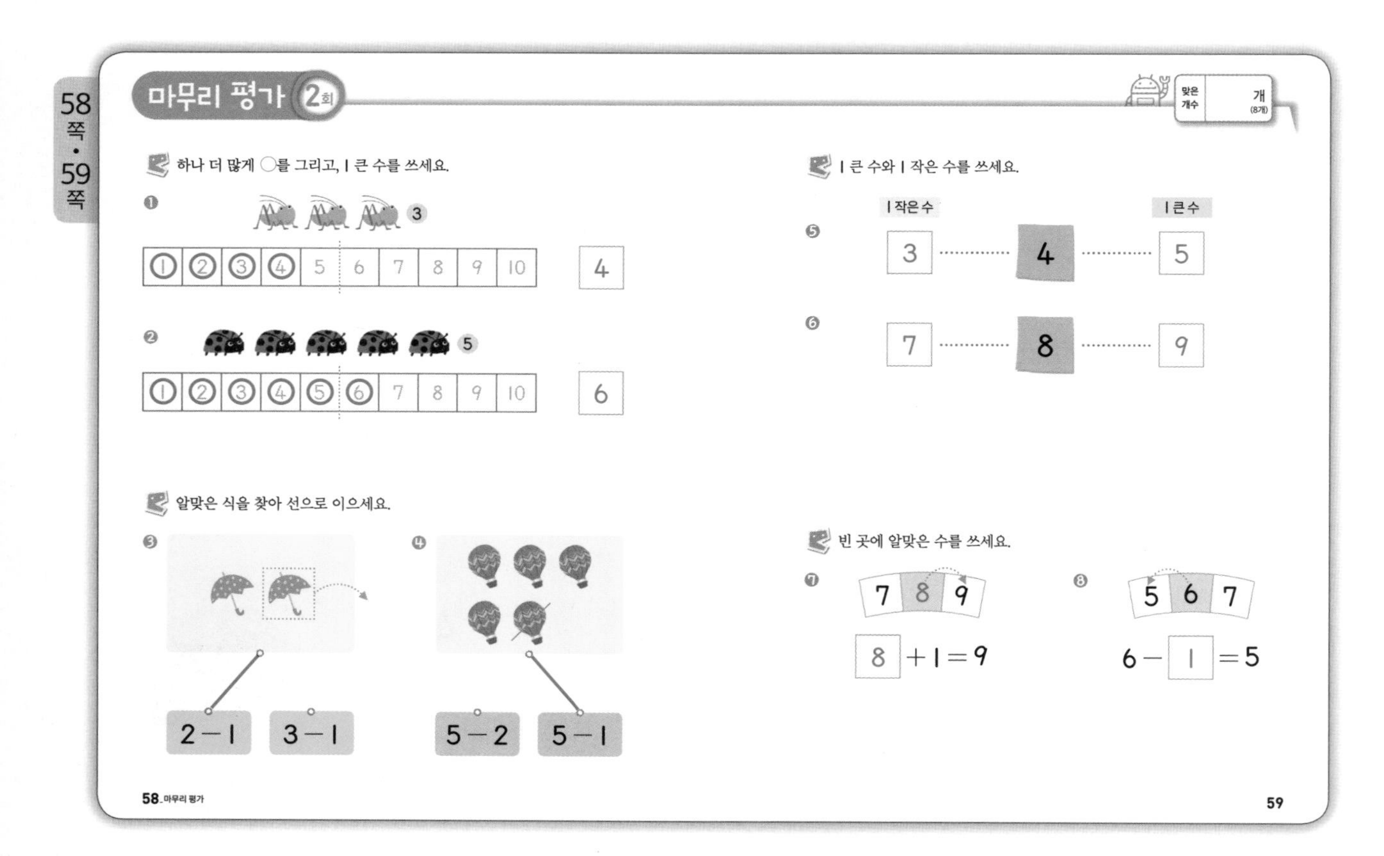

마무리 평가 2회

맞은 개수 개 (8개)

하나 더 많게 ○를 그리고, 1 큰 수를 쓰세요.

❶ 3 → 4

❷ 5 → 6

1 큰 수와 1 작은 수를 쓰세요.

	1 작은 수		1 큰 수
❺	3	4	5
❻	7	8	9

알맞은 식을 찾아 선으로 이으세요.

❸ 2 − 1 3 − 1

❹ 5 − 2 5 − 1

빈 곳에 알맞은 수를 쓰세요.

❼ 7 8 9

8 + 1 = 9

❽ 5 6 7

6 − 1 = 5

60쪽 · 61쪽

마무리 평가 3회

맞은 개수 개 (8개)

알맞은 식을 찾아 선으로 이으세요.

❶ 

3+2 3+1

❷ 

6+1 4+1

거꾸로 1번 뛰어 세어 빼기 1을 계산하세요.

❸ 5 6 7

6－1＝ 5

❹ 8 9 10

9－1＝ 8

○를 색칠하거나 ●를 /으로 지워, 더하기 1 빼기 1을 계산하세요.

❺ 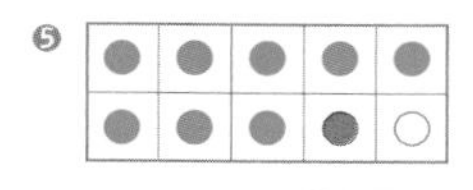

8＋1＝ 9

❻ 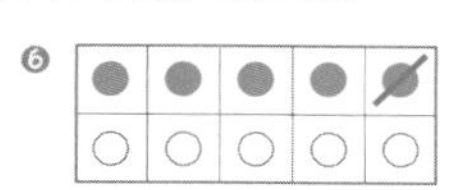

5－1＝ 4

빈 곳에 알맞은 수를 쓰세요.

❼ 3 4 5

4＋ 1 ＝5

❽ 8 9 10

10 －1＝9

62쪽 · 63쪽

마무리 평가 4회

맞은 개수 개 (10개)

그림을 보고 덧셈을 하세요.

❶ 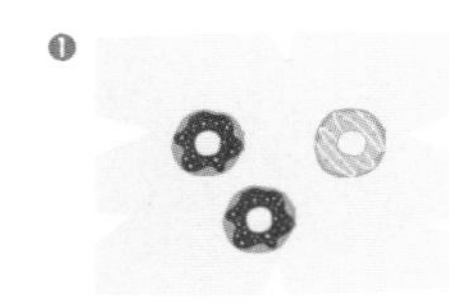

2＋1＝ 3

❷ 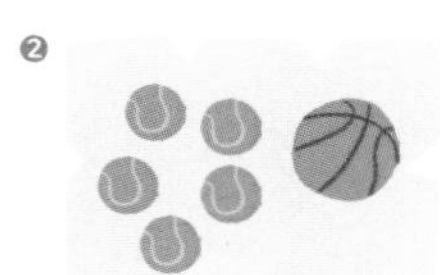

5＋1＝ 6

1씩 작아지도록 빈칸에 알맞은 수를 쓰세요.

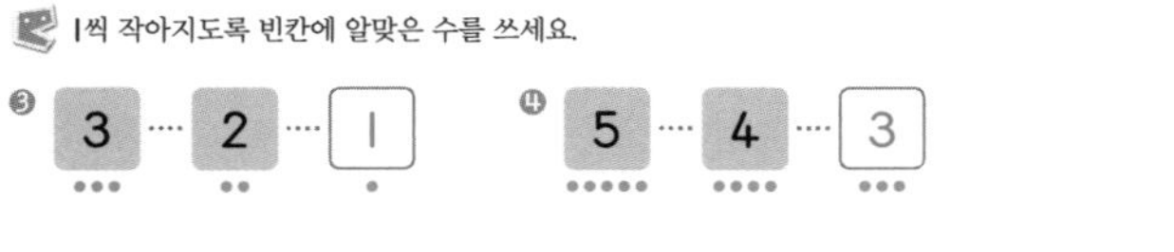

❸ 3 ⋯ 2 ⋯ 1

❹ 5 ⋯ 4 ⋯ 3

❺ 9 ⋯ 8 ⋯ 7 ⋯ 6 ⋯ 5

더하기 1과 빼기 1을 계산하세요.

❻ 3＋1＝ 4

❼ 4－1＝ 3

❽ 9 － 1 = 8

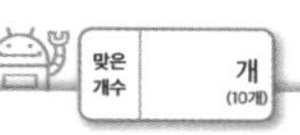

빈칸에 알맞은 수를 찾아 색칠하세요.

❾ 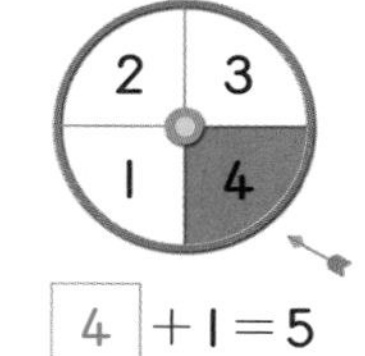

4 ＋1＝5

❿ 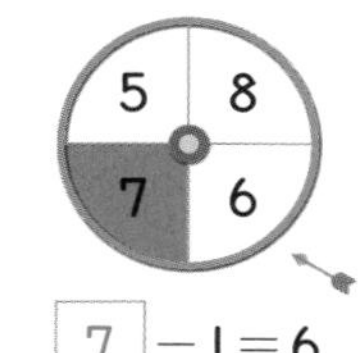

7 －1＝6

64쪽 · 65쪽

마무리 평가 5회

1번 뛰어 세어 더하기 1을 계산하세요.

❶ 2 3 4

3 + 1 = 4

❷ 7 8 9

8 + 1 = 9

덧셈과 뺄셈에 맞게 선을 그으세요.

❺
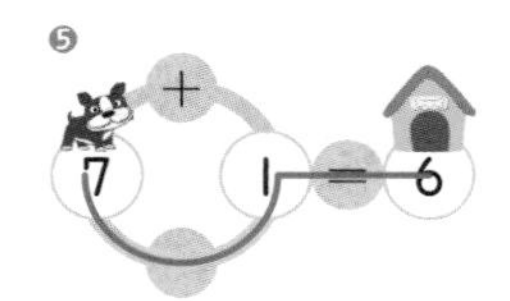

❻
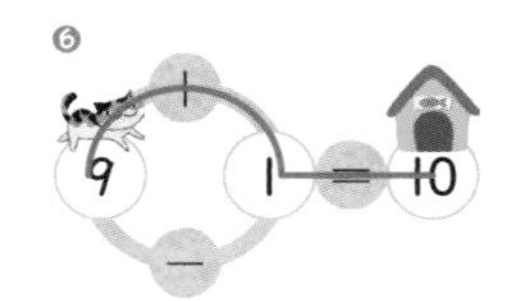

뺄셈 상자에 수를 넣었어요. 빈 곳에 알맞은 수를 쓰세요.

❸
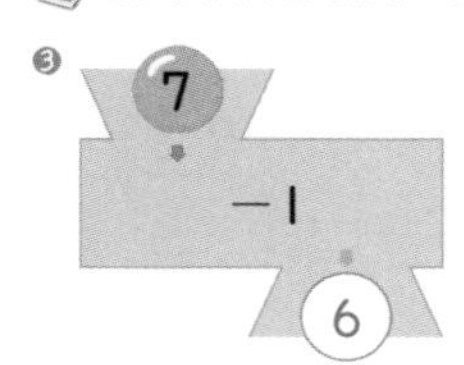

❹
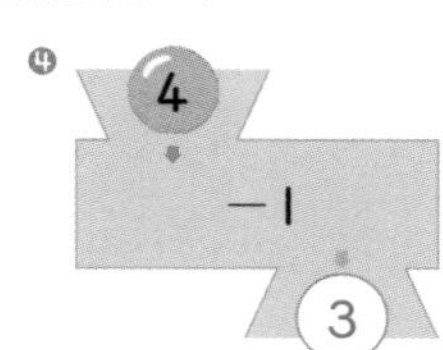

빈칸에 알맞은 수를 쓰세요.

❼ 6 + 1 = 7

❽ 9 − 1 = 8

❾ 10 − 1 = 9

❿ 5 − 1 = 4

실력 평가 ➡ 67쪽

68쪽

칸토의 연산 6세 2권 실력 평가

❶ 2 + 1 = 3	⓫ 4 − 1 = 3
❷ 7 + 1 = 8	⓬ 2 − 1 = 1
❸ 5 + 1 = 6	⓭ 5 − 1 = 4
❹ 3 + 1 = 4	⓮ 7 − 1 = 6
❺ 8 + 1 = 9	⓯ 8 − 1 = 7
❻ 0 + 1 = 1	⓰ 1 − 1 = 0
❼ 4 + 1 = 5	⓱ 4 − 1 = 3
❽ 1 + 1 = 2	⓲ 9 − 1 = 8
❾ 9 + 1 = 10	⓳ 3 − 1 = 2
❿ 6 + 1 = 7	⓴ 10 − 1 = 9